LA
CHANSON DU BERGER

PAR

MÉDÉRIC CHAROT

PARIS

E. DENTU, ÉDITEUR

LIBRAIRIE DE LA SOCIÉTÉ DES GENS DE LETTRES

PALAIS ROYAL, 15-17-19, GALERIE D'ORLÉANS

—

1880

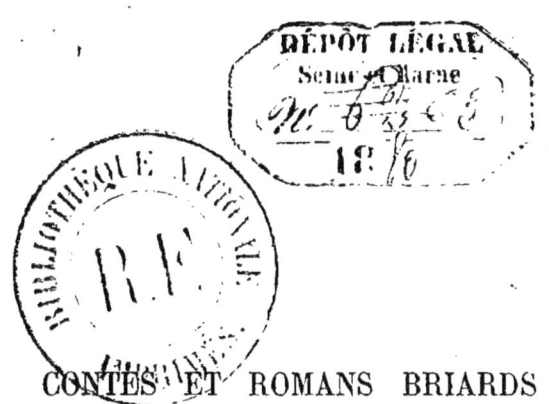

CONTES ET ROMANS BRIARDS

LA CHANSON DU BERGER

LE RÉCIT D'UN BUVEUR D'EAU

LES PEUPLIERS DE JEAN LEFÈVRE

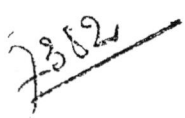

DU MÊME AUTEUR :

Jacques Dumont, préface de George Sand. Un volume in-18.
(Calmann Lévy, éditeur.) . . . . 3 fr. 50

Ouvrage couronné par la Société nationale d'encouragement au bien.

ommiers. — Imp. Paul BRODARD.

MÉDÉRIC CHAROT

LA
CHANSON DU BERGER

LE RÉCIT D'UN BUVEUR D'EAU

LES PEUPLIERS DE JEAN LEFÈVRE

PARIS

E. DENTU, EDITEUR

LIBRAIRIE DE LA SOCIÉTÉ DES GENS DE LETTRES

PALAIS ROYAL, 15-17-19, GALERIE D'ORLÉANS

1880

A

LA MÉMOIRE

DE MADAME GEORGE SAND

LA
CHANSON DU BERGER

Vous n'êtes pas, — me dit un jour M. Justin Grandjean, le commis greffier de la justice de paix de Rebais, — vous n'êtes certainement pas sans avoir entendu parler de Jérôme Bonhommet, le fin berger de la vallée du Petit-Morin, celui qui demeura plus de trente ans au service du fermier de Sablonnières, M. Jacob Renard, et qui, Jacob Renard une fois mort, se retira dans sa petite maison de la Belle-Étoile, vers le sommet de la côte, à la lisière des bois. Là il vécut tranquillement du revenu de son jardin et de cinq ou six lopins de terre, en compagnie de sa bonne vieille ménagère, Madeleine - Jacqueline, née Landureau, la plus

1

courageuse ouvrière qu'on ait jamais vue dans le pays, une brave femme qui s'en allait toujours filant et qui rendit l'âme un beau soir de l'an passé, la quenouille à la main, sur le seuil de sa porte, pendant que la brise d'août emportait au loin les derniers roulements des voitures chargées de gerbes et la chanson des moissonneurs rentrant à leur logis après avoir terminé leur journée. Ce fut elle qui partit la première, et je n'ai pas besoin de vous dire si le pauvre veuf la pleura.

Un homme grand, sec, au visage ridé par l'âge et tanné par l'air, avec de longs cheveux blancs qui lui tombaient en boucles épaisses jusque sur la nuque, voilà ce qu'était encore Bonhommet il y a dix ans. C'était un esprit ferme et un cœur droit. Chez lui, la naïveté n'excluait pas le savoir, ni la finesse la franchise. Il avait étudié peu dans les livres des hommes, beaucoup dans celui que Dieu tient constamment ouvert sous nos yeux et qui s'appelle la nature. Il avait beaucoup vu, pas mal retenu. Deux passions se partageaient son cœur : l'une était la justice, l'autre la bonté. On l'avait

bien, jadis, dans son jeune temps, accusé de
sorcellerie, comme on faisait pour tous les bergers;
mais on avait fini par s'apercevoir que toute la
sorcellerie de cet excellent homme consistait dans
son expérience de la vie, sa joyeuse humeur et son
honnêteté. Désabusés sur son compte, maintes fois
les paysans en querelle l'avaient choisi pour ar-
bitre de leurs différends. Ce qui nous épargnait de
la besogne, à nous autres paperassiers. On allait
à lui, non parce qu'il était riche, puisqu'il ne l'était
pas, mais parce qu'il était juste, mais parce qu'il
était bon. Il savait écouter patiemment les plaintes,
peser les raisons, débattre le pour et le contre, et
résumer son sentiment personnel dans des paroles
conciliantes où la passion du bien, du juste et du
vrai pouvait seule se laisser voir. C'était son beau
temps. Il était octogénaire et disait en souriant
qu'il ne se sentait pas vieux.

'Arriva la guerre, cette triste et lamentable
guerre où tant d'existences furent sacrifiées, tant
de fortunes englouties, tant d'illusions brisées.
Jérôme Bonhommet vit les Prussiens défiler sur

la route, à quelques pas de sa porte. Ah ! s'il avait
eu son fusil, ce fusil du berger avec lequel, par les
nuits ténébreuses ou brillantes d'étoiles, quand les
brebis s'effarent et que les chiens aboient, on tue
le loup qui rôde à l'entour du troupeau ! S'il avait
eu son fusil ! Il aurait vengé la France, au risque
de succomber sur l'heure ; il aurait vengé sa belle
vallée du Petit-Morin, envahie par l'étranger ; il
aurait vengé ce pauvre aubergiste de Villeneuve-sur-
Bellot, assassiné par quelques soudards allemands,
moins ivres de vin et de *schnaps* qu'affamés de sang
et de pillage ! Mais on l'avait désarmé. Et puis sa
femme était là, sa chère Madeleine-Jacqueline, qui
le tirait par derrière et le forçait à se rasseoir sous
le manteau de la cheminée, afin de lui épargner le
douloureux spectacle des régiments ennemis qui
passaient. Rien à faire ! Il gronda, souffrit, se
rongea les poings, mais se tint coi.

Lorsque la paix fut conclue, Jérôme Bonhommet
convint qu'il était vieux. Les tristes événements
des six derniers mois avaient pesé lourdement sur
l'âme et sur le front de cet octogénaire. 1814 et

1815 lui revenaient sans cesse à l'esprit. « Ce
n'était pas la peine, s'écriait-il souvent, de vivre si
longtemps pour assister de nouveau à des aven-
tures pareilles ! » Aussi salua-t-il la fin de l'occu-
pation allemande d'un long soupir de délivrance.

Cependant il demeura sombre et taciturne ; à
ceux qui lui demandaient la raison de sa mélancolie, il répondait qu'en devenant vieux on devient
moins causeur. Assurément il aimait encore la
vie, — et comment aurait-il pu ne plus l'aimer tant
que sa Madeleine était là ? — mais il lui arrivait
fréquemment de rêver au tombeau ; et lorsque,
assis au coin de l'âtre avec sa chère femme, il se
reportait aux jours passés, il ne pouvait s'empêcher
de songer à son ancien maître, Jacob Renard, et à
sa belle mort au grand soleil, cette paisible fin
d'un laboureur dont la vie s'arrête subitement, en
plein travail, au bout du sillon creusé.

Vous n'êtes pas sans connaître cette histoire. Un
livre publié naguère a mentionné l'événement [1].

1. *Jacques Dumont*, du même auteur ; préface de George
Sand. Un volume de la Bibliothèque contemporaine ; Calmann Lévy, éditeur.

C'était en 46. Riche de labeurs et d'écus, riche d'années aussi, Jacob Renard succomba debout et comme sans y penser, les deux mains appuyées aux mancherons de sa charrue, cultivant ainsi jusqu'à la dernière minute cette bonne terre natale qu'il avait tant aimée et dans laquelle reposent à jamais ses membres fatigués.

« C'est comme cela que je voudrais finir, disait quelquefois Bonhommet, au milieu de mon troupeau. — Oui, répondait Madeleine, cela doit être moins triste de s'en aller ainsi sans s'en apercevoir, et de se trouver tout d'un coup en paradis sans avoir eu le temps de quitter son fuseau. »

Était-ce simple pressentiment ou clairvoyance de l'avenir ? Ce n'est pas à un commis greffier de justice de paix qu'il appartient de donner son avis sur ces questions-là. Mais il faut convenir qu'il y a dans la vie du monde des hasards bien étranges et dans lesquels, sans être fanatique, il peut vous sembler voir la sagesse d'un Dieu. Les vœux des deux vieillards se trouvèrent exaucés ; tous deux moururent de cette mort, sans lutte et sans an-

goisse, qu'ils avaient désirée. Coïncidence merveilleuse et qui rattache en quelque sorte plus
intimement leur mémoire à celle de Jacob Renard
par une touchante et sombre parenté. En fidèles
serviteurs qu'ils étaient, le berger et sa femme
suivirent le maître et l'imitèrent; mais respectueu-
sement, sans empressement servile, à trente
années de distance, ainsi qu'il était séant à de
bonnes gens encore robustes, s'aimant bien, et qui
n'avaient pas fini de trouver quelque douceur à
vivre.

Je vous ai dit comment s'éteignit Madeleine.

Bonhommet, lui, quand sa femme s'en fut allée,
demeura seul et triste, n'ayant pour unique consolation que ses deux grands chiens de Brie qu'il
avait conservés et en société desquels il menait
paître une demi-douzaine de moutons par les chemins herbus, en souvenir d'autrefois. Ses voisins,
le voyant si chagrin, si vieux et si cassé, avaient
beau lui dire : « A quoi bon vous donner cette
peine? restez chez vous, papa Jérôme! » Le vieux
Bonhommet s'obstinait, ne voulant pas perdre

l'habitude, répondait-il en souriant, de son ancien métier. Et, de fait, il est évident que si le Créateur, dans son beau paradis, a des troupeaux à conduire, — et pourquoi les moutons, ces innocentes bêtes, n'y seraient-ils pas admis? — il ne saurait mieux faire que d'en confier la garde au berger Bonhommet.

Pauvre vieux honnête homme! il ne trouvait rien de meilleur que de gagner le sommet de la montagne, de s'asseoir sur une roche, un bloc de pierre, et là, ayant à ses côtés ses deux chiens attentifs à son petit troupeau, de respirer l'air frais et parfumé des bois, les yeux fixés sur la vallée. Alors, l'esprit perdu dans une rêverie vague, il regardait, contemplait, admirait, — car le grand âge n'avait point affaibli sa vue ; — il admirait, sous leur robe diaprée de couleurs chatoyantes, avec leurs végétations diverses, leurs nuances harmonieuses, leurs groupes de maisons noyés dans la verdure, la double ligne de collines sinueuses qu'il avait si souvent parcourues et parmi lesquelles il avait rencontré, dans le cours de son existence, tant de bons cœurs et tant d'amis ! On eût dit qu'avant de clore ses paupières à la lumière terrestre il voulait se repaître de ce riant spectacle, afin de s'en pénétrer à tout jamais et d'en conserver la vision vivante en son âme pour l'emporter dans l'autre monde comme un souvenir de celui-ci.

Cela dura deux ou trois mois. Enfin, un jour qu'il était sorti de grand matin, le bissac au dos, son grand bâton à la main, on s'étonna de ne le point voir rentrer au logis comme à son ordinaire. Inquiets, surpris, émus, les voisins se mirent en quête et ne tardèrent pas à le découvrir, assis sur un tertre, à l'ombre d'un buisson d'épine blanche où voltigeaient quelques oiseaux. Immobiles à ses côtés, ses deux chiens silencieux semblaient garder son sommeil. On approcha ; les chiens ne bougèrent pas, se contentant d'ouvrir un œil attentif. On l'appela, il ne répondit point ; on cria plus fort, le berger continua de garder le silence, mais alors les deux chiens ensemble, comme s'ils avaient compris, se mirent à gémir doucement et doulou-

reusement, pendant que les moutons, d'un air in-
conscient et machinal, se rapprochaient l'un de
l'autre et venaient se grouper en demi-cercle aux
pieds du vieux berger. Les paysans se découvri-
rent ; deux ou trois femmes s'agenouillèrent.
Chacun se sentait ému devant ce beau vieillard
qu'on aurait dit encore vivant et dont les calmes
prunelles, largement dilatées, semblaient encore
fixées sur un point de la vallée où l'on distinguait
de loin quelque chose comme un scintillement
dans l'atmosphère dorée du soir : le scintillement
d'une couronne de perles surmontant un calvaire
dans le cimetière du village.

C'est là que son corps fut déposé le lendemain,
à côté de celui de sa femme, qui avait été sa com-
pagne fidèle pendant près de soixante ans et qu'il
aima toujours de la même affection sincère et pro-
fonde, car il l'avait rencontrée après bien des tra-
verses et ne l'avait pas obtenue sans peine ni sans
efforts.

Et si maintenant vous voulez connaître l'histoire
de Bonhommet, le fin berger, l'histoire de sa

jeunesse et celle de son mariage avec Madeleine-Jacqueline Landureau, la travailleuse sans pair, vous n'avez qu'à me prêter une ou deux petites heures d'attention, car c'est justement cette histoire-là que je vais vous raconter.

I

Il faut d'abord vous dire que Jérôme Bon-hommet était natif de Bezalles, un petit endroit des environs de Beton-Bazoches, non loin de la forêt de Chenoise, à deux portées de fusil du château de la Bretèche, à mille pas tout au plus de l'ancien domaine de Champcenetz; enfin tout le monde connaît Bezalles; Bezalles, la sœur jumelle du village de Boisdon; Bezalles, la commune légendaire *où la bique a pris le loup*. Il n'y a point de bonne grand'mère briarde qui ne vous ait narré la chose : comment une gentille petite chèvre blanche broutant l'herbe en un clos fut assaillie traîtreusement par un affreux gros loup qui la

poursuivit jusque dans l'église ouverte à deux
battants, et comment la pauvrette, qui, par effort
surnaturel et bonheur sans exemple, avait arraché
son pieu, fut assez privilégiée du ciel, au moment
où elle sortait de l'église après en avoir fait le
tour, pour refermer derrière elle, à l'aide de ce
pieu traînant au bout d'une corde, de ce pieu qui
devait contribuer à la perdre et qui la sauva, les
deux lourds battants de la grand'porte, lesquels
tournèrent sur leurs gonds avec un bruit terrible, ce qui permit aux bonnes gens de l'endroit d'accourir en foule — ils étaient bien quinze
en tout, y compris les femmes et les enfants — et
de tuer bravement messer le loup, qui ne se serait
jamais douté de pareille aventure. C'est là un fait
notoire, authentique, traditionnel, et que vous
trouveriez détaillé, pour sûr, tout au long, dans
les véridiques annales de la Brie. Qui est-ce qui
n'a pas entendu parler de cela? D'ailleurs, l'église
existe encore : preuve que l'histoire est vraie. Une
église en plein champ, où le curé de Bannost vient
de temps à autre dire une petite messe basse. Une

église comme on n'en voit pas beaucoup, avec sa longue toiture en pente douce, couverte d'herbes et de fleurs, qui descend presque jusqu'à terre; si près de terre, en vérité, qu'un garçon de charrue inattentif à son attelage pourrait bien, quelque jour, s'en aller labourer par mégarde les quatre ou cinq vieilles tuiles moussues dont s'abrite le clocher.

C'est dans cette église-là que Bonhommet fut baptisé, au son d'une pauvre vieille cloche fêlée qui faisait juste autant de bruit qu'une sonnette à bœufs, moins de bruit assurément que l'enfant qu'on baptisait. Celui-ci criait et se démenait dans ses langes avec un entrain du diable, sans respect pour la majesté tranquille et le sacré caractère de la sainte maison du bon Dieu. Tant et si bien qu'à la fin de la cérémonie, la commère, qui n'était autre que Jeannette Pinson, la pastourelle du domaine de la Bretèche, s'écria bellement : « Eh! là, là, bonnes gens! si celui-ci ne devient pas plus tard un maître parleur, j'y serai bien trompée. » A quoi le compère, Cadet Belamy, charretier

du domaine de Champcenetz, ajouta judicieuse-
ment : « Ce ne sera pas seulement un grand parleur, ma commère, ce sera certainement aussi un
fier et beau chanteur, car le bedeau, par ma foi,
n'a pas mal sonnaillé. » Et, tirant de la poche de
sa veste une grosse bourse de cuir au fond de
laquelle s'entassaient une vingtaine de gros sous
aux effigies de S. M. Louis XV ou de S. M.
Louis XVI, il en donna trois au sonneur, cinq au
curé, voire même une couple à l'enfant de chœur
pour preuve de son contentement. Vous voyez
que Cadet Belamy faisait, lorsqu'il s'y mettait, largement les choses.

L'enfant qu'on baptisait était d'ailleurs charmant, sous son petit béguin d'indienne bleue à
ramages, avec ses doux yeux gris à peine ouverts,
sa gentille figure chiffonnée aux joues roses, aux
lèvres roses, et ses mignonnes mains potelées qui
se fermaient résolument au bout des manches de
la fine brassière de futaine grise rayée de noir,
au-dessus d'un bon gros lange de molleton vert.
La commère ne pouvait se lasser de l'admirer.

« C'est qu'il est vraiment beau comme un prince, notre filleul ! » disait-elle pendant que le cortège rustique s'en retournait par les chemins boueux vers le logis de l'accouchée.

Et, de fait, elle avait raison sur un point, la commère : le poupon était joli, mais non comme un fils de prince. Les fils de princes, les fils de bourgeois même, ne vous ont pas habituellement de ces mines éveillées et de ces petits poings robustes qui se ferment avec force quand la bouche se met à crier. Leur voix, à ces pauvrets, n'est le plus souvent qu'un gémissement plaintif qui s'échappe avec peine entre deux lèvres pâles. Les fils de paysans, dès avant leur naissance, ont de meilleurs poumons, des muscles plus agiles, des membres plus robustes ; l'air pur et vivifiant qu'ont toujours respiré leurs parents leur a transfusé dans les veines une force et une énergie que les enfants de grands seigneurs ne posséderont jamais. C'est qu'ils sont nés pour le travail, pour l'action, pour la lutte ; c'est qu'ils auront plus tard leur pain quotidien à gagner ; en les créant plus forts, plus résistants, moins sujets aux maladies, la nature s'est montrée prévoyante et sage : la nature est une bonne mère, et Dieu fait bien tout ce qu'il fait.

II

Jérôme Bonhommet commençait à peine à marcher seul lorsque son père, un brave batteur en grange, vint à lui manquer. Comme la science, la politique et la religion, le travail a son martyrologe ; et la liste en serait longue, de ces victimes ignorées du devoir, tombées en accomplissant leur tâche. Ce fut ainsi que succomba Joséphin Bonhommet. Un matin qu'il était à son labeur, s'apprêtant à jeter du sommet de la grange les gerbes de blé qu'il comptait battre dans sa journée, une planche vermoulue céda sous son pied, un craquement se fit entendre, et le courageux batteur fut précipité, la tête la première, sur l'aire plane et dure, où les ouvriers de la ferme le relevèrent raide mort une heure après, le crâne fendu, la face meurtrie, au milieu de son sang figé. Un homme vigoureusement charpenté, pourtant, que ce Joséphin Bonhommet! mais il est de ces accidents dont la meilleure constitution du monde ne saurait vous préserver.

On était alors en 89. Grande et douloureuse année que celle-là! Pendant que s'élaboraient à Versailles les réformes auxquelles la France allait devoir sa liberté, la disette se faisait cruellement sentir dans nos provinces. A cette époque, où la propriété se trouvait encore presque tout entière entre les mains des seigneurs, les ressources du paysan n'étaient pas grandes. Dans les maisons pauvres, on ne mangeait pas tous les jours. La Révolution allait heureusement modifier tout cela. En attendant, le peuple souffrait.

Marguerite, la veuve du batteur en grange, ne demeura pas à l'abri de ces cruelles épreuves. Cependant, n'étant pas des plus pauvres, elle ne fut pas des plus à plaindre. Heureux, bien heureux

alors le paysan qui possédait un jardin! Or la
jeune femme ne possédait pas seulement un jardin,
mais encore un petit verger et huit ou dix maigres
perches de terre en plaine, bref, à peu près ce
qu'il fallait pour la nourrir et pour lui permettre
d'élever son enfant. Et puis elle était courageuse,
elle travailla. Toujours debout avant l'aube, elle
allait, venait, bêchait, plantait, sarclait, moisson-
nait son champ, recueillait ses fruits, rentrait ses
récoltes, menait paître sa vache — une pauvre
petite génisse maigre — quand il faisait soleil, ou
bien cousait, ravaudait, filait au coin de l'âtre,
lorsque le temps était par trop mauvais.

L'enfant, de son côté, grandissait, prenait de la
force, s'accrochant à ses jupes, suivant partout sa
mère. Du reste, très remuant, intelligent et vif;
sans cesse causant, jasant, riant, chantant, s'in-
quiétant du comment et du pourquoi des choses,
répandant inconsciemment un peu de joie autour
de la paysanne en deuil, comme font d'ordinaire
tous ces doux petits êtres, heureusement ignorants de ce qu'ils ont perdu. Parfois même, on

aurait pu le voir séchant d'un gros baiser sonore
une larme qui perlait sous la paupière de la jeune
veuve, et, d'un regard câlin, d'un geste caressant,
avec un doigt levé comme pour une remontrance,
remplissant son charmant office de petit marmot
gâté, de tyranneau bienfaisant, d'ange consola-
teur.

Puis, essayant de l'assister dans ses travaux, se
piquant de zèle, voulant ranger tout, mettre ordre
à tout, et, pour ce faire, plaçant tantôt un esca-
beau de chêne qui l'embarrassait sur les tisons
brûlants, en travers des landiers, tantôt essuyant
la boue du seuil avec le bas de sa robe d'indienne,
ou bien écurant la poêle à frire avec son bonnet
de nuit, tantôt vidant tout le contenu de la salière
dans la marmite, tantôt cassant la cruche, renver-
sant la soupière, écrasant son gobelet, ébréchant
une écuelle, brisant un saladier, gâtant quelque
autre chose, tout cela par pur zèle, par esprit de
dévouement, comme un brave petit enfant, pétri
de bonne volonté mais plein d'inexpérience, qui
veut aider sa mère.

Les journées se passaient ainsi, calmes, paisibles, presque riantes, toujours semblables les unes aux autres. Jamais de visites, sinon celle de quelque mendiant décrépit à qui le petit Jérôme portait une pièce de deux liards sur le devant de la porte et qui s'éloignait en marmottant un « Dieu vous bénisse, bonnes gens ! » ou bien quelque pauvre vieille voisine qui s'en venait, clopin-clopant, filer une quenouille en silence auprès du feu de la jeune veuve. Cadet Belamy, le parrain de l'enfant, n'était plus dans le pays il y avait belle heure. Recruté pour le service du roi peu de temps avant la mort de Joséphin Bonhommet, il était maintenant sous-lieutenant au service de la République, mais c'est à ce grade de sous-lieutenant que devait s'arrêter sa carrière : un coup de lance en pleine poitrine en fit un homme mort. Ce fut un des héros obscurs de la grande épopée : respect à sa mémoire. Quant à la commère, Jeannette Pinson, elle aussi était montée en grade. Admise au château comme laveuse de vaisselle, elle s'était fait remarquer par sa gentillesse, son air avenant et sa propreté, si bien que d'échelon en échelon elle était arrivée à l'emploi de femme de chambre, ni plus ni moins : c'était maintenant une grande madame, et peut-être sa dignité ne lui eût-elle point permis de frayer avec la mère de son filleul, si d'ailleurs un autre éloignement que la distance sociale ne l'eût empêchée de songer à compromettre un instant son décorum avec ces petites gens. Elle était, en effet, pour le moment, au fin fond de l'Allemagne, ses maîtres ayant émigré.

Restaient bien l'unique frère du défunt, Mathurin Bonhommet, et sa femme, la vieille et revêche Séverine, qui eussent pu de temps en temps rendre visite à Marguerite et s'entretenir un brin avec elle de l'avenir de son enfant. Mathurin Bonhommet, qui tenait à bail une culture de quelque importance dans le voisinage, aurait été le bienvenu chez sa belle-sœur. Malheureusement il y avait eu jadis, du vivant du pauvre Joséphin, une petite brouille d'intérêts entre les deux ménages, — terrible chose que ces brouilles d'intérêts qui mettent la désunion au sein de tant d'hon-

nêtes familles! — et, par respect pour la mémoire
de son défunt, Marguerite Bonhommet, la fière et
douce Marguerite, n'aurait jamais jugé convenable
de faire les premiers pas.

La mère et l'enfant vivaient donc seuls, contents
l'un de l'autre; le petit Jérôme adorait sa bonne
môman, et quant à Marguerite elle idolâtrait son
petiot; le père n'étant plus là, elle l'aimait pour
deux. Amour inquiet, d'ailleurs, et plein de pré-
voyance. Combien de fois, le considérant en silence et le voyant à la fois si fort pour son âge et
cependant si petit encore, ne se demanda-t-elle
pas ce qu'il serait, ce qu'il ferait, ce qu'il devien-
drait plus tard. Alors, perçant d'un regard inquiet
les brumes de l'avenir, elle se représentait par-
venu à l'âge d'homme l'enfant qu'elle avait porté
dans ses entrailles; il lui semblait le voir robuste
et vigoureux, déjà presque semblable à l'être bien-
aimé qu'elle avait si tragiquement perdu. Il avait
vingt ans; une barbe blondissante ombrageait ses
lèvres, et c'était plaisir de le regarder avec son
fouet de charretier sur son épaule, ou sa grande

hache de bûcheron aux mains. Les filles du village se retournaient quand il venait à passer. Tout à coup, un roulement de tambour se faisait entendre au bout de la grand'rue : *Ordre du Roi, par décret de la République,* etc., etc., son petit Jérôme partait comme était parti Cadet Belamy, comme tant d'autres étaient partis... Et dans un fol élan de maternelle tendresse, pressant alors avec force contre son sein le bambin insouciant qui lui causait ces alarmes, elle l'embrassait avec effusion, s'écriant : « Non ! tu ne t'en iras pas ! Non, tu ne t'en iras pas ! » pendant que l'enfant, surpris, lui répondait d'un air calme : « Mais non, mais non, môman, je ne m'en irai pas ! Je suis si bien près de toi ! comment crains-tu que je m'en aille ? »

Etrange et douce folie d'une paysanne ignorante, qui semblait avoir mis toutes les forces et les ressources de son être dans ce sentiment unique : l'amour maternel !

Hélas ! un beau matin d'octobre, ce fut la mère qui partit ! Elle fut emportée hors de ce monde par une fièvre maligne qui vint à régner dans le pays.

Elle eut beau vouloir lutter, se débattre, la maladie fut la plus forte : il fallut succomber. Comme elle touchait à sa fin, la pauvre Marguerite eut du moins une consolation : Mathurin, son beau-frère, vint la voir, la réconforter et la consoler, lui promettant que, quoi qu'il pût arriver, lui, Mathurin, serait désormais pour elle un bon parent, s'engageant à veiller à l'avenir sur le petit Jérôme, son neveu, comme sur ses propres enfants. Rassurée et tranquillisée par cette promesse, la jeune femme ne se débattit plus contre le mal qui la torturait; souriante et résignée, elle ferma doucement ses beaux yeux comme pour s'endormir et s'endormit en effet, moins d'une heure après, dans l'éternité.

III

Les enfants sont oublieux, c'est un fait généralement reconnu. Le chagrin du petit Jérôme fut cependant profond à la mort de sa mère. Quand on enterra la brave femme, il poussait des cris à fendre l'âme, et toute l'assistance le prit en grande pitié. Longtemps, on le vit triste, errant comme une âme en peine autour de la maison qu'il avait habitée en compagnie de sa mère et où il se souvenait de l'avoir vue mourir. Puis, sa douleur peu à peu se dissipa, ses souvenirs s'effacèrent, et il redevint pareil à tous les autres enfants.

Fidèle à la parole donnée, Mathurin avait recueilli dès le premier jour le petit orphelin. Sa

femme et lui en prirent soin, et, s'ils ne le traitèrent
pas tout à fait comme s'il eût été leur, on peut
dire, à leur excuse, qu'ils y firent du moins tout
leur possible. En se chargeant de Jérôme, le laboureur n'avait, du reste, pas fait une trop mauvaise
affaire ; il élevait et nourrissait son neveu, mais cela
lui valait le droit de cultiver les quelques mor-
ceaux de terre de défunt son frère ; ce dernier héritage l'indemnisait et le consolait de l'autre.

L'enfance et la jeunesse de Jérôme Bonhommèt
furent naturellement ce qu'étaient l'enfance et la
jeunesse des paysans de ce temps-là. On n'allait
pas alors à l'école ; mais on travaillait au labour,
aux semailles, à la moisson, à la fenaison ; on se
courbait, à peine né, sur cette terre réputée trop
longtemps ingrate, parce que c'étaient l'ignorance
et la misère qui l'arrosaient de leurs sueurs pour
le bénéfice d'un maître souvent cupide et sans
pitié. Entre temps et comme par distraction, d'un
bout de l'année à l'autre, on menait les vaches aux
champs. Ce métier de gardeur de troupeaux plai-
sait du reste beaucoup à Jérôme Bonhommet. Non

qu'il fût paresseux, loin de là, certes, et puis ce
n'est d'ailleurs pas toujours une simple distraction
que de conduire un troupeau, mais parce qu'en
prenant de l'âge il était devenu rêveur. Assurément il aimait la compagnie, mais la solitude ne
l'effrayait point, et c'était une sorte de dicton dans
le village qu'à la société des gens le petit Jérôme
Bonhommet préférait la société des bêtes. Il trouvait du charme à regarder couler un ruisseau,
s'envoler un nuage, s'épanouir une fleur. On avait
conté jadis dans tout Bezalles que sa mère, pour
vivre ainsi à l'écart, comme une sauvage, depuis
la mort de son mari, avait été pour sûr frappée
d'un *coup*. Peut-être en avait-elle transmis par le
contact quelque chose à son petit Bonhommet.
Toujours est-il qu'il était ainsi. D'ailleurs, indus-
trieux et actif, et sachant se rendre utile à ceux
qui l'avaient adopté. Vers l'âge de quinze ans, il
se mit en tête d'apprendre à lire, et, grâce à deux
ou trois personnes du village qui savaient à peu
près déchiffrer une phrase dans un livre imprimé,
il parvint à son but, il sut lire, et même lire beau-

coup mieux que les précepteurs de raccroc, les professeurs de rencontre qui l'avaient enseigné. Il n'en était pas pour cela plus fier, et quand il lui fallut choisir une profession il choisit celle de berger. Il aimait véritablement à conduire les bêtes; il était bon et doux pour elles, comme aussi pour les gens. Il apprit à les soigner, s'aidant de la lecture pour mieux faire, et devint fameux dans le voisinage pour sa science et son habileté. Quand il connut à peu près la pratique courante et les petits secrets de son métier, quand il put à juste titre se dire enfin qu'il serait toujours capable de gagner sa vie de cette façon-là, la conscription vint le surprendre un beau jour au milieu de ses rêves, et du fin berger du village de Bezalles elle fit un soldat.

IV

On était alors en 1807. On ne disait plus maintenant : *Par décret de la Convention, Par décision du conseil des Cinq-Cents ;* tout cela, c'était de l'histoire ancienne. Depuis trois ans, la République n'existait plus que pour mémoire, sur les pièces de monnaie, qui d'un côté portaient en exergue cette inscription : RÉPUBLIQUE FRANÇAISE, et de l'autre ces deux mots : NAPOLÉON EMPEREUR. Par ordre de l'Empereur, on enlevait les laboureurs à leurs sillons, les ouvriers à leurs ateliers, les étudiants à leurs études ; on les équipait rapidement, et marche, conscrit, à la victoire ou à la mort !

Sept années s'écoulèrent encore ainsi, toutes

3

remplies du tumulte formidable des armes. Autrefois, on avait fait les guerres inévitables, les guerres nécessaires; maintenant on faisait les guerres inutiles, les guerres ruineuses; on s'était autrefois battu pour un principe, on se battait maintenant pour un homme. Et comme cet homme était insatiable, comme il voulait, dans sa rage de pouvoir, se soumettre tout et tout dominer, on porta le ravage et la dévastation sur tous les points de l'Europe.

De Cadix à Dantzick et de Rome à Moscou, les armées évoluaient sur les territoires comme sur un immense échiquier.

Terribles parties, querelles formidables que ces querelles de rois et d'empereurs auxquelles les nations prenaient part sans avoir seulement l'air de s'apercevoir que, lorsque les souverains luttent entre eux, c'est le sang des peuples qui coule! Ce qu'il y eut de milliers d'hommes qui périrent, c'est à l'histoire d'en faire le compte; Jérôme Bonhommet, lui, survécut.

Au commencement de février 1814, il était en-

core debout et gaillard. Et pourtant il avait pris
part aux batailles les plus sanglantes, il avait com-
battu dans les pays et sous les climats les plus
divers. Combien de camarades, hélas ! n'avait-il
pas vus tomber à ses côtés pour ne plus se relever.
Mais il était de Bezalles, où la bique a pris le loup,
et peut-être faut-il croire que lui aussi, tout
comme *l'autre*, il avait son étoile. Excellent troupier, au surplus, il avait rempli son devoir bravement, en soldat fidèle qui tient à faire honneur à
son drapeau. Blessé à différentes reprises, et toujours légèrement, comme si les balles ou les lames
de sabre n'avaient voulu que lui donner de petits
avertissements en passant, il avait été mis deux
fois à l'ordre du jour pour sa vaillante conduite.
Aussi l'avait-on nommé caporal, sergent, sergent-
major; il pouvait même espérer mieux. Malheureusement ou heureusement, comme on voudra
dire, il n'était point de ceux-là qui se grisent volontiers de titres et d'honneurs; et lorsque, plus
tard, dans sa longue carrière de paysan paisible,
quelqu'un venait à rappeler en sa présence les

hauts faits auxquels il avait pris part, loin de s'enorgueillir de ces brillants souvenirs, il gardait ordinairement le silence et se laissait aller à la rêverie.

C'était, dans ces occasions, comme une vision terrible qui remplissait tout à coup son âme de doux berger; il revoyait dans l'espace d'une seconde les massacres, les pillages, les incendies, les dévastations, ces milliers de drames atroces qui s'appellent la grande guerre, et, le front soucieux, les lèvres serrées, les yeux larges ouverts, en face de ces tableaux évoqués soudainement devant lui : « Et dire, s'écriait-il tout bas, que c'est pourtant cela qu'on nomme de la gloire! »

Mais aux joyeuses victoires, les tristes lendemains! Le jour des revers arriva. Un moment vint où le drapeau de la France dut reculer à son tour. Ce fut en Espagne que cela commença, puis en Russie, puis en Allemagne. Ce n'était plus seulement, maintenant, les rois qui se liguaient contre Napoléon, c'étaient les peuples qui de toutes parts se liguaient contre nous. De là des défections, des trahisons et des déroutes épouvantables, comme à Leipzig. On fuyait, à travers les pièges, les dangers, les embuscades. Les alliés, les amis de la veille vous attendaient, canons braqués, fusils chargés, au coin d'un bois. Rien n'allait bien, tout allait mal. Alors, triste retour des choses d'ici-bas! les conquérants durent abandonner leurs conquêtes, les vainqueurs rentrèrent chez eux vaincus, les envahisseurs se virent envahis.

V

Le 11 février 1814, Napoléon, qui venait de vaincre la veille à Champaubert, se trouvait à Montmirail en face de troupes prussiennes et russes commandées par Yorck et Sacken. Depuis dix jours, l'armée française luttait, un contre cinq, un contre dix, combattant l'invasion. Jamais l'homme aux mains de qui se trouvaient encore les destinées de la France n'avait donné de pareilles marques de sa vigueur, de son courage personnel, de son incomparable génie. Il était partout, frappant des coups terribles; l'espace semblait n'exister plus pour lui. Repoussés tantôt sur un point, tantôt sur un autre, les alliés, malgré

leur nombre, n'osaient s'avancer qu'en tremblant.
De toutes parts, sur leurs pas, s'élevaient des difficultés qu'ils n'avaient point prévues. Ce peuple
français, qu'ils s'étaient attendus à trouver inac-
tif, immobile, inerte sur leur passage, ce peuple
qu'ils avaient pu croire abattu par une longue
série de revers et fatigué du joug du despotisme,
ils le rencontraient partout, au bord des chemins
creux, à la lisière des bois, derrière les buissons,
au sommet des collines, l'œil au guet, l'oreille
attentive, faisant bonne garde, et se dévouant bravement, sinon toujours pour l'Empereur, du moins
pour le pays. Il se passait chaque jour des choses
étranges, des choses surprenantes, des choses qui
montrent jusqu'à quel point le sentiment national
peut développer l'héroïsme chez une population à
qui le despotisme a pu faire courber le front, mais
qu'il n'a pas avilie et qui se sent trop fière, trop
vigoureuse et trop courageuse encore pour ne
point relever la tête en face de l'étranger. C'est
ainsi que, la veille de cette journée du 11, on avait
pu voir un enfant de douze ans, un petit paysan

champenois, armé d'un grand couteau de boucher qu'il brandissait d'un air tout à fait plaisant, amener d'une lieue, à l'état-major français, deux grenadiers russes qu'il avait faits prisonniers. « Ces gaillards-là voulaient broncher, disait-il en riant, mais je vous les ai bien fait marcher tout de même! Eh! allez donc. » C'est ainsi que les habitants de nos bourgs et de nos villages, s'associant dans une commune pensée : la défense du pays, organisaient à la hâte des convois de vivres qui s'en allaient de tous côtés à la recherche de l'armée, de cette pauvre armée française décimée, fatiguée, surmenée, morcelée, réduite à rien, qui chaque jour accomplissait de nouveaux prodiges et paraissait franchement déterminée à vaincre ou à s'ensevelir dans son drapeau. L'étranger hésitait donc, pareil au chasseur qui s'étonne, en poursuivant sa proie, de se sentir assailli lui-même, piqué, harcelé, mordu, ayant donné du pied dans une fourmilière.

Telle était la situation à cette date du 11 février 1814, date mémorable où l'Empereur, avec

25 000 hommes, allait avoir à se mesurer contre plus de 50 000. Excellentes conditions, d'ailleurs. Jamais, dans cette campagne de France, Napoléon n'eut plus belle occasion de vaincre : son armée n'avait à lutter que contre des forces doubles. C'était la victoire assurée. Et ce fut une grande victoire en effet, une victoire à laquelle, depuis l'Empereur jusqu'au moindre soldat, chacun contribua dans la mesure de son courage et de ses forces ; une victoire dont les plaines crayeuses de Montmirail se sont souvenues longtemps, engraissées qu'elles avaient été par le sang répandu ce jour-là, une victoire à jamais mémorable et qui faillit coûter la vie à notre ami Bonhommet.

Envoyé, dès le début de l'affaire, en reconnaissance à l'extrémité du plateau, sur les hauteurs boisées qui dominent la vallée du Petit-Morin, le brave sergent-major, à la tête d'une vingtaine d'hommes, était tombé dans un parti de cavaliers prussiens au nombre de plus de deux cents.

Déjà, dans la plaine, entre les deux armées la bataille était engagée. Le canon grondait, tonnait, faisait vacarme, couvrant de sa terrible voix le bruit de la fusillade. « Cela chauffe là-bas, » disait Bonhommet à ses hommes. Et presque aussitôt, voyant de loin passer des reflets d'acier à travers un groupe d'arbres, il ajouta : « Je crois que cela va chauffer aussi par ici. »

La rencontre eut lieu dans un pli de terrain, au milieu d'un chemin vert, à la lisière d'une futaie de peupliers. Ce qui fut dépensé là de courage et d'héroïsme ne saurait se dire. Cernés de toutes parts, écrasés par le nombre, les Français à la fin devaient être vaincus. Pas un, du moins, ne consentit à se rendre, pas un ne lâcha pied. Ils tombèrent tous, mais après une longue résistance, après une lutte acharnée, et non sans avoir fait de nombreuses victimes. Il y a toujours de ces défaites partielles dans les grandes victoires. Et quand ce qui restait de la reconnaissance ennemie s'éloigna du lieu de l'engagement, ce fut pour rejoindre au galop l'armée prussienne à la débandade et s'enfuir avec elle du côté de Château-Thierry. Il ne resta sur le chemin vert, resserrés dans un rayon de quelques toises, que des mourants et des cadavres; groupes confus où les uniformes souillés de sang se mêlaient et se confondaient fraternellement sur les dépouilles des chevaux éventrés, et d'où s'échappaient par instants des plaintes et des gémissements qui montaient vers le ciel. A trois quarts de lieue de là, le gros de l'armée française allumait des feux de bivouac et se reposait des fatigues de la journée. Bonhommet et les siens étaient oubliés.

La nuit vint, une nuit de la saison : obscure, froide et triste: et personne n'apparut sur le chemin vert, où peu à peu les plaintes diminuèrent et finirent par s'éteindre. Vers dix heures seulement, peut-être onze, un paysan vint à passer dans sa charrette. Délégué par la population de son village pour conduire des vivres aux avant-postes de l'armée française, cet homme avait jugé plus commode de prendre pour s'en retourner — sa voiture étant déchargée et tout danger d'une surprise ayant disparu — le chemin le plus court, qui se trouvait être le chemin vert. Il s'en revenait donc cahin-caha, par cette voie de traverse pavée de boue et d'ornières, rêvant à tout ce qu'il avait vu, à la gloire de l'Empereur, aux tristes conséquences de la guerre, aux champs dévastés par la lutte et déchirés par la mitraille, à tant de braves gens qui se verraient forcés de recommencer le labourage et l'ensemencement de leurs sillons; puis à ses propres semailles d'avoine, à lui, qui n'étaient pas encore faites. Mais on les ferait; l'avoine se sème jusqu'en avril; on avait donc encore tout le temps d'y penser. Du moins ses blés, à lui, et ses autres emblavures d'automne n'avaient point souffert; on ne les avait pas saccagés et foulés aux pieds : il était de la vallée, lui, et non du plateau. Ils promettaient même d'être fort beaux, ses blés : ils avaient poussé dru sous la neige; ce n'étaient point des blés malingres, mais robustes; ils étaient verts comme pré; enfin, c'étaient de très beaux blés, et quand viendrait le moment de la moison, ma foi, l'on verrait bien.

Comme il en était là de ses réflexions, son cheval s'arrêta. « Hue donc, Baptiste! fit-il, hue donc ! » De temps immémorial, nombre de chevaux de culture se nomment Baptiste ; quant à la raison de cette appellation si chrétienne et si bizarre, bien malin qui saurait la dire ! Les pauvres bêtes n'en ont aucun soupçon, leurs conducteurs non plus. « Allons, hue ! » répéta le paysan en faisant claquer les rênes ; mais il ne fallut rien moins qu'un vigoureux coup de fouet appuyant fortement une quatrième injonction verbale pour qu'il eût le plaisir de voir avancer de nouveau la voiture. Encore ce résultat ne fut-il obtenu ni sans terribles cahots du véhicule ni sans une vive répugnance du cheval, qui, bientôt, s'arrêta derechef, s'arc-boutant sur ses quatre pieds, et, sourd cette fois à la voix irritée de son maître aussi bien qu'insensible à ses énergiques coups de fouet, se contenta de s'ébrouer bruyamment et manifesta par son impassible résistance son intention formelle de ne pas aller plus loin.

Furieux, moins encore qu'étonné, le paysan descendit de sa voiture et regarda. Des nuages couvraient en ce moment le ciel et rendaient

l'obscurité plus noire. L'homme n'avait point de
lanterne pour s'éclairer ; il chercha vainement
dans sa poche un briquet avec lequel il aurait pu
se procurer de la lumière. Cependant, à force de
regarder fixement sur le sol en cherchant à tâtons
dans la nuit, il ne tarda pas à distinguer des
masses sombres et à deviner l'horrible drame qui
s'était passé là. Un frisson le saisit. « Mais c'est
tout un charnier! » murmura-t-il avec effroi. Ces
groupes noirs sur le sol noir, sous ce ciel noir,
avec le bruit du vent dans la futaie de peupliers,
c'était lugubre. Il eut un moment d'hésitation,
comme s'il avait voulu s'enfuir, puis, s'armant de
courage, avec un reste de frayeur mêlée de respect
et de recueillement, il se mit à déblayer le passage,
rangeant tous ces cadavres, français ou prussiens, à côté les uns des autres , sur le bord du
chemin.

Comme il terminait enfin sa pénible besogne, il
crut entendre un soupir, bien faible, moins qu'un
soupir : un souffle, s'échapper des lèvres du dernier soldat qu'il venait de prendre et d'emporter

dans ses bras. « Oh! oh! » fit-il. Et, s'élançant d'un bond jusqu'à sa charrette, il y déposa douce-ment son fardeau.

Il eut encore un moment d'hésitation, se de-mandant s'il n'allait point rebrousser chemin et reconduire jusqu'aux avant-postes ce mourant français ou prussien qu'il avait ramassé là ; un grand combat se livrait évidemment en lui. Cela dura quelques minutes. Après quoi, prenant son cheval à la bride, et le menant doucement dans le but d'éviter les heurts et les ornières, le brave paysan s'éloigna de cet endroit funèbre et poursui-vit sa route.

Deux heures après, le pauvre soldat ramassé par le paysan était étendu tout habillé sur un lit, dans une grande salle de ferme mal éclairée, au plafond traversé de solives grossières, brunies par le temps.

« C'est un sergent, se disaient l'un à l'autre, dans un coin de la pièce enfumée, les garçons de labour et les servantes, mêlés à quelques voisins curieux venus là pour voir, malgré l'heure avancée de la nuit. — Un sergent major même! — Ses mains sont noires de poudre. Il a dû bien se battre! — Et ses yeux, regardez donc un peu comme il les tient ouverts! Ces hommes-là, presque morts, vous ont encore un air terrible! — Bah! presque mort, qui sait? Peut-être qu'il en reviendra. — Il reviendra de loin alors, car il a de fières blessures. Une au bras, une à la poitrine, une autre à la tête. Je les ai vues. Trois grands coups de sabre, sans compter les trous de balles dont son uniforme est criblé. — Bon! les trous de balles, ça ne signifie rien, et les blessures, ça se guérit. Que dit le docteur?

— Le docteur dit que vous feriez mieux de vous taire, espèces de pies borgnes que vous êtes! s'écria le fermier, debout, une lampe à la main, auprès du lit, en compagnie d'un médecin au front chauve, qui, penché sur le blessé, l'examinait doucement et silencieusement.

— Chut! firent les domestiques, le maître n'est pas content! il commence probablement à s'apercevoir que ce n'est pas bénéfice tout clair que de ramasser des blessés sur un champ de bataille.

4

Ah! mais, ah! mais! c'est qu'il n'a jamais passé pour prodigue, monsieur notre maître! »

Le médecin se retourna. C'était un beau vieillard aux yeux pensifs, à la physionomie calme et douce. Il était enveloppé de la tête aux pieds dans une chaude houppelande de gros drap marron.

« Mes enfants, dit-il en s'adressant au groupe des domestiques et des voisins, avec l'aide de Dieu je réponds de la vie de cet homme. Mais il est tard, vous avez besoin de repos; vous pouvez vous retirer. M. Jacob Renard et moi, nous ferons pour le mieux.

— C'est cela, fit à son tour le fermier, laissez-nous seuls, braves gens, et allez vous coucher! »

Tous alors, l'un après l'autre, les domestiques et les curieux prirent le chemin de la porte et se retirèrent.

VI

Il n'existe peut-être pas de situation plus douce et plus heureuse au monde que celle d'un malade qui s'est cru mort et qui se sent renaître à la vie et à la santé. Quand la convalescence coïncide avec le retour du printemps, et que par sa fenêtre, ouverte à l'air tiède d'une belle journée d'avril, le patient, pâle encore de la souffrance passée, assiste au réveil de la nature, qu'il voit les bourgeons poindre au bout des branches, qu'il entend les oiseaux glisser par couples joyeux dans l'air, qu'il aperçoit au loin la plaine, maintenant dégagée de ses voiles de givre et de brume, arborer son coquet vêtement vert aux nuances si tendres, si variées,

si brillantes et si fraîches à l'œil, c'est pour lui double joie ; et les pensées qui lui viennent alors sont
à la fois si profondes et si douces que la pauvre
voix humaine, avec ses rudesses, ses mots au sens
précis, ses contours arrêtés, doit sagement se reconnaître impuissante à les bien exprimer.

C'est dans cet état que se trouvait Jérôme Bonhommet deux mois environ après la bataille de
Montmirail. Grâce à sa constitution saine et robuste, ses blessures s'étaient promptement refer-
mées ; il ne lui restait guère de sa maladie qu'un
peu de pâleur et de faiblesse ; encore quelques
jours de repos, et ce serait fini.

Quand il essayait de se souvenir, il lui semblait
véritablement qu'il avait été mort et qu'on l'avait
conduit dans une voiture jusqu'à la tranchée funèbre où pêle-mêle, après la victoire, avaient été
jetées les dépouilles de ses compagnons d'armes.
Il s'était, un beau jour, éveillé comme d'un rêve
de néant dans cette salle de ferme, si pleine de vie,
sur ce lit doux et chaud, — le lit du maître, — et
ayant en face de lui, accoudé sur une table où il

s'occupait de ses comptes, le fermier lui-même, qui de temps à autre levait la tête pour le regarder.

D'abord il n'avait rien dit, s'était tenu coi, se contentant d'examiner tous les détails de cette grande pièce : les rideaux de serge verte du lit avec leurs agréments blancs jaunis par les années, le plafond rayé de solives brunes, les croisées à petites vitres carrées couvertes de fleurs de givre, la haute cheminée à vaste manteau dans laquelle flambait un bon feu clair, la table de chêne massif avec ses bancs luisants de propreté ; puis, dans un coin, accrochés au mur au-dessus d'un fourneau de faïence grossièrement émaillée, quelques casseroles de cuivre et autres ustensiles de cuisine sur lesquels la flamme du foyer jetait ses éclatants reflets. Ensuite, continuant son examen et de la revue des choses passant à celle des êtres, il avait longuement considéré le fermier, court, gros, trapu, robuste, ayant la physionomie de l'homme soigneux de ses intérêts et qui s'entend à les faire valoir. Au milieu de son étonnement de toutes ces choses, un détail — insignifiant pour tout autre

qu'un troupier — l'avait particulièrement frappé :
la manche gauche de la blouse du fermier manquait de bouton, ce qui semblait indiquer qu'il
n'était point marié. Peut-être cet homme, d'une
nature particulièrement active, et qui paraissait
toucher à la quarantaine, n'avait-il pas encore
trouvé dans sa vie le moment de songer à prendre
femme.

Après cet examen silencieux, le blessé avait
essayé de se soulever un peu sur son coude, ce
qui lui avait fait pousser un cri de douleur. Le fermier alors s'était approché du lit, et, d'un accent
qu'il s'était efforcé de rendre doux, lui avait dit
d'une façon encourageante : « Ah ! ah ! » comme
s'il eût voulu dire : « Vous voilà donc ressuscité ? »

« Où suis-je ? avait demandé le soldat d'une voix
faible.

— A Sablonnières, dans la vallée du Petit-Morin,
en pleine Brie, comme vous voyez, et voilà qui
doit réjouir un bon Briard comme vous. J'ai vu
par vos papiers...

— Oui, oui, je suis de Bezalles...

— Où la bique a pris le loup. J'ai vu cela. Mais assez de conversation pour aujourd'hui. Nous ferons connaissance à notre aise, demain, un autre jour, lorsque vous irez mieux. »

Et, comme l'avait promis M. Jacob Renard, l'entretien avait été repris quelques jours plus tard, à la suite d'une visite du docteur.

Cette fois, le fermier, sur les instances de Bonhommet, avait dû raconter comment il l'avait recueilli, l'avait fait soigner, et soigner de telle sorte...

« Que me voici guéri, s'était écrié le sergent.

— Oh! guéri, vous en avez bien encore pour deux ou trois semaines à garder le lit. Mais ensuite, avec un peu de patience, vous ne tarderez pas à redevenir gaillard comme auparavant. »

Là-dessus, Bonhommet s'était emparé des deux mains du fermier, les pressant dans les siennes avec une touchante effusion.

M. Jacob s'était laissé remercier tranquillement, disant que, si peu riche qu'il fût, il ne se repentait pas de ce qu'il avait fait.

« Oui, mais cela vous a dû coûter gros ! s'était exclamé Bonhommet.

— Oh ! dame, ces médecins, vous savez... » Le fermier n'avait pas dissimulé ses sacrifices, son temps perdu, le prix des visites, la cherté des médicaments, etc., etc., etc. « Mais vous me revaudrez cela, avait-il dit en terminant ; vous m'avez tout l'air d'un brave homme, et vous me revaudrez cela. »

Après quoi Bonhommet, se replongeant la tête dans son oreiller, était demeuré deux heures sans se rendormir, à se demander comment il indemniserait le fermier de ses débours et de ses peines, et par quel moyen il pourrait bien jamais lui revaloir cela.

Une autre chose encore l'inquiétait. Au docteur en train de le panser, il avait dit un soir : « Et mon régiment ? » A quoi le docteur avait répondu : « Ne vous inquiétez pas, tout va bien. — Oui ; mais, en attendant, je ne suis plus avec mon drapeau, moi ; je ne suis pas même avec les morts ; je suis avec les disparus. »

Cette pensée l'attristait plus que tout le reste. Il

y revenait sans cesse. En vain le médecin et le
fermier essayaient-ils de le calmer : il s'affligeait
et s'indignait de son inaction forcée.

. Se hasardait-il à demander, sans trop en avoir
l'air, quelques renseignements sur l'état des choses
de la guerre, on lui répondait invariablement :
« Ne vous tourmentez pas ; ne vous occupez point
de cela ; guérissez-vous d'abord. » Tant et si bien
que finalement le sergent s'était mis en colère —
pauvre cher brave homme ! — contre le docteur
et contre le fermier, les menaçant de sortir du lit
et de se traîner dehors au risque de se tuer, pour
demander des nouvelles aux passants, si l'on continuait à garder ainsi le silence sur les questions
qui lui tenaient le plus au cœur.

Le docteur s'était alors décidé à faire des révé-
lations.

« Mais il faut vous armer de courage, avait-il
dit au blessé, car ce que nous avons à vous apprendre vous causera peut-être encore plus de peine
que d'étonnement.

— Parlez ! parlez ! je veux savoir.

— Eh bien, mon brave ami, voilà ce qui se passe. Après le dernier combat auquel vous avez pris part, il y a eu encore bien des marches, des contre-marches, des engagements et des batailles. Château-Thierry, Vauchamp, Mormant, Montereau, dix autres noms encore rappellent à nos souvenirs des journées glorieuses. Mais c'est contre toute l'Europe que la France avait à se défendre ; nous en avons vu des masses, de ces alliés, qui ravageaient le pays et s'écriaient : Paris ! Paris ! en brandissant leurs armes. Nos paysans briards et champenois en ont tué beaucoup, mais cela faisait tout au plus l'effet que produit un coup de fusil dans ces nuées de corbeaux qu'on voit s'abattre sur nos plaines, aux approches de l'hiver : ce n'étaient toujours, hélas ! que quelques corbeaux de moins. Si bien qu'aujourd'hui...

— Aujourd'hui ?

— Aujourd'hui, c'est un fait accompli : notre armée est détruite, et la capitale est prise. On dit que certains généraux...

— Mais l'Empereur ? l'Empereur ?

— L'Empereur ? Il vient d'abdiquer. Déjà le
Sénat — son Sénat à lui pourtant — avait décrété
sa déchéance. Maintenant, c'est fini de l'Empire et
de l'Empereur. Napoléon se retire à l'île d'Elbe ;
on met au rancart la cocarde tricolore, et l'on ar-
bore la cocarde blanche. Nous avons un roi qui
s'appelle Sa Majesté Louis XVIII. C'est l'ancien
régime qui nous revient, dans les fourgons de
l'étranger. Mais on nous dit qu'enfin nous aurons
la paix : c'est une consolation. Voilà ce qui se
passe, mon brave ami. Dites-moi maintenant :
êtes-vous encore aussi pressé de vous lever au risque de vous tuer, vous sentez-vous encore aussi
pressé de partir ? »

Ému, troublé jusqu'au fond de l'âme par ces ré-
vélations inattendues, le sergent ne répondit pas.
Il était devenu blanc comme les draps de son lit
et tenait ses lèvres serrées, tandis qu'une larme,
une grosse larme silencieuse, roulait sous sa paupière.

« Au reste, reprit doucement le docteur, j'ajou-
terai qu'en ce qui vous concerne vous n'avez rien

à craindre. Votre situation sera régularisée. Vous avez assez bien servi votre pays pour que l'on ne réclame plus rien de vous. En sa qualité de notable, M. Jacob Renard, la dernière fois qu'il s'est rendu au marché de Coulommiers, est allé faire visite à M. de Frestel, — on disait M. Frestel tout court autrefois, — l'honorable sous-préfet de la République et de l'Empire que, dans sa grâce souveraine, a bien voulu maintenir en place notre auguste maître S. M. Louis XVIII ; il lui a exposé votre cas ; à quoi le digne fonctionnaire a répondu que ç'avait été, de la part de votre hôte, un acte de générosité bien grande que de recueillir ainsi chez lui un soldat de l'usurpateur ; que, d'ailleurs, le susdit usurpateur n'étant plus là, il n'y avait rien de si simple que de donner satisfaction à un homme aussi notable et aussi bon serviteur du roi que paraissait l'être l'honorable M. Jacob Renard. A quoi M. Jacob n'a rien répliqué, se contentant de s'incliner par trois fois devant M. le baron, le comte ou le marquis de Frestel, qui le congédiait, au surplus, fort gracieusement du geste.

« — De sorte que ?... interrogea le sergent.

— De sorte que, fit d'un air un peu pincé le fermier, qui n'avait rien dit jusqu'alors, le sergent Bonhommet, une fois guéri, demeurera libre, n'ayant de compte à rendre à personne, libre, absolument libre de faire ce qui lui plaira.

— Nous aurons pourtant à compter ensemble, monsieur Jacob, répondit Bonhommet avec émotion. Mais j'espère bien qu'il ne nous sera pas difficile de nous entendre. »

Cet entretien avait eu lieu la veille du jour où nous retrouvons le sergent assis sur son lit, regardant au dehors par la fenêtre entr'ouverte le spectacle charmant du printemps qui sourit dans la verdure naissante. Après le premier saisissement causé par la nouvelle du grand désastre qu'il venait d'apprendre, Bonhommet s'était dit qu'il fallait accepter ce que l'on ne pouvait empêcher. Il avait néanmoins passé une nuit fort agitée, se demandant si tout ce qu'avait dit le docteur était bien vrai, et ce qu'il allait résulter de tout cela pour l'armée, pour l'Empereur et pour le pays. Puis

l'aube était venue, répandant ses teintes argentées
sur le sommet des collines encore plongées dans
l'ombre. Il avait fait effort pour se lever, et doucement, à pas lents, sans presque se remuer, tout
d'une pièce, enveloppé de sa grande capote ga-
lonnée, il s'était traîné jusqu'à la fenêtre, qu'il
avait ouverte sans bruit. La brise fraîche du matin,
mêlée d'un doux parfum d'arbres fruitiers en
fleur, avait calmé son esprit et raffermi son cœur.
Il s'était tout à coup senti plus résigné. « Après
tout, s'était-il dit, cela devait finir ainsi. » Et sur
cette réflexion mélancolique il avait longuemment
regardé le ciel, où l'on voyait s'éteindre une dernière étoile. Cependant tout se réveillait et s'agitait
dans la ferme. Le maître lui-même, plus matinal
que le soleil, était déjà parti ; on l'apercevait là-
bas, dans la pente, qui creusait bravement un pénible sillon, les deux mains appuyées aux mancherons de sa charrue. Bonhommet, grisé d'air pur et
trébuchant comme un homme ivre, regagna pé-
niblement son lit et se recoucha, mais il continua
de regarder au loin, déplorant que son état de

santé ne lui permît pas encore de montrer à son
généreux sauveur qu'il était capable, lui aussi, de
travailler la terre, et que pour avoir manié le sabre
et le fusil pendant sept longues années il n'en avait
pas moins conservé le goût du labeur utile, de
celui qui ne coûte de sang ni de larmes à personne
et qui fait vivre l'humanité.

Comme il songeait ainsi, le sommeil vint le surprendre, et le brave sergent s'endormit, suivant
encore des yeux, dans son rêve, le diligent laboureur qui, de la voix et du geste excitant son attelage, gravissait pas à pas la colline voilée d'ombre
et s'en allait tout droit vers le soleil levant.

Quand le sergent se réveilla, il pouvait être environ neuf heures. Un feu clair brûlait dans la cheminée ; on entendait clopiner par la maison Suzanne, la vieille servante ; le déjeuner s'apprêtait.
Le fermier avait quitté son labour ; on apercevait
sa charrue aux mancherons luisants, là-bas, au
bout du champ où il l'avait laissée ; les fléaux des
batteurs ne retentissaient plus dans la grange.
C'était l'heure du repas. l'heure où le travail fait

halte un instant pour reprendre des forces et pour mener ensuite plus vaillamment son train.

Or, comme il était là, dans sa béatitude, écoutant et songeant, le pas d'un cheval se fit entendre au dehors, sur les cailloux du chemin. « C'est M. Jacob qui revient, » pensa-t-il ; et, tenant ses regards fixés vers la fenêtre ouverte, il s'attendait à voir passer le fermier assis, les jambes ballantes, sur l'une des bêtes de son attelage, et menant l'autre en laisse. Déjà même, Bonhommet ouvrait la bouche pour lui crier : Bonjour ! Mais il referma tout à coup ses lèvres et ouvrit ses yeux plus grands. Ce n'était pas M. Jacob, ni rien qui lui ressemblât. Assise sur un cheval blanc à la démarche lente, chargé qu'il était d'un gros sac rebondi s'appuyant sur sa croupe, c'était une jeune fille qui passait. Brune, forte, les cheveux coquettement noués en nattes sur sa tête, un sourire vague sur les lèvres, elle allait, avec un mouvement rhythmique de balancement en harmonie avec l'amble pesant de sa pacifiqne monture. Ce ne fut qu'une vision pour Bonhommet ; mais, alors même qu'elle eut disparu, il lui sembla la voir encore, alerte et rustique dans sa grâce un peu triste, se découpant en clair dans la lumière du jour.

Il ne devait d'ailleurs pas tarder à la considérer de plus près.

Comme la vieille servante venait de s'éloigner pour inviter les gens de la ferme à se mettre à table, un petit bruit de souliers ferrés se fit entendre dans la salle, et posant sur la huche un gros sac d'aspect fort pesant qu'elle portait vaillamment sur son épaule : « Voilà votre *monnaie*, bonnes gens, fit la jeune fille de tout à l'heure ; avez-vous aujourd'hui du blé pour la mouture ? »

Au nuage de poussière blanchâtre qui s'était échappé du sac et qui retombait lentement jusque sur la table et dans les assiettes à fleurs, Bonhommet s'était dit : « C'est quelque fille de meunier. » Puis il avait continué de la regarder et l'avait trouvée jolie. En quoi le sergent, certes, prouvait évidemment qu'il n'avait pas mauvais goût. Elle était vraiment ravissante, cette petite campagnarde à la physionomie intelligente et vive, tandis que du bout de ses doigts mignons elle secouait gentiment sa chevelure et son manteau poudrés à blanc par la farine.

Cependant la paysanne, ne recevant aucune réponse, avait jeté rapidement un regard autour d'elle. Un peu troublée d'abord, et passablement honteuse de se trouver seule dans cette salle en compagnie de cet homme au lit, qu'elle ne connaissait autrement que pour en avoir entendu parler, elle essaya de sourire pour cacher son émotion, et d'une voix qu'elle s'efforçait en vain de rendre hardie :

« Est-ce qu'il n'y a personne ici ? demanda-t-elle.

— Mais pardon, mademoiselle, il y a moi, répondit le sergent.

— Ah ! oui, je vois bien ; mais vous, je ne vous connais point, vous n'êtes point de la maison ; et, quand bien même vous en seriez, vous ne pourriez toujours pas me donner le blé pour la mouture.

— C'est juste, grommela Bonhommet avec une humeur qui n'était peut-être pas jouée : un blessé, ça ne compte pas, ça n'est bon à rien, ça n'est plus un homme.

— Oh! mais, je ne prétends pas dire cela, et, comme on dit des fois, monsieur le sergent, vous êtes bien susceptible. Je n'entendais point vous fâcher. Est-ce que vous m'en voulez?

— Un peu, fit Bonhommet en souriant.

— Eh bien, moi, je ne vous en veux point du tout, » répondit-elle.

Et pour mieux manifester sa quiétude, elle essaya d'un éclat de rire, mais cela sonnait faux, et rien n'était moins joyeux, en somme, que cet éclat de rire sonore, ce bel éclat de rire à trente-deux dents. Puis il y eut un silence. Chacun des deux interlocuteurs demeurait singulièrement embarrassé. Un indifférent les aurait trouvés fous; un observateur se serait peut-être dit : « Voici là deux êtres qui finiront probablement par s'entendre, puisqu'avant même de se connaître les voilà qui commencent par se disputer. »

Sur ces entrefaites, le fermier rentra.

« C'est vous, Madeleine? fit-il. Ah! bien. Vous

avez rapporté la farine? C'est brave à vous, ma fille, car Suzanne se plaignait hier d'en avoir grand besoin. C'est que, voyez-vous, pas de farine pas de pain, et notre dernière fournée, qui date d'il y a quinze jours, commence à s'épuiser... Avez-vous soif? avez-vous faim? »

Et vivement, sans attendre la réponse :

« Asseyez-vous un peu, toujours. Vous causerez avec notre blessé, vous qui êtes une savante. Car il paraît que vous êtes une savante, sans en avoir l'air. On m'a rapporté que vous saviez lire presque aussi bien que moi. Hé! hé! Madeleine, où donc avez-vous ramassé toute cette belle science? Ce n'est toujours point votre maître, ce vieux farceur de Simonnet, qui vous a montré ça? »

Si jamais homme au monde eut la réputation d'être aussi chiche de ses paroles qu'avare de son argent, ce fut bien M. Jacob Renard; mais la vue de Madeleine, qui passait dans le pays pour une rude ouvrière et qui vous jetait à la volée un demi-setier de blé sur le dos de son cheval, cette vue, dis-je, avait toujours pour résultat d'exciter sa verve et de le mettre en belle humeur. Ah! si cette belle et forte fille avait eu de la fortune, et si surtout elle n'avait pas eu le meunier Simonnet pour patron, peut-être que M. Jacob Renard se serait épris de bonne amitié pour elle et qu'il en eût fait son épouse un jour qu'il aurait eu le temps. Mais cette pauvre Madeleine était une enfant de rien. Longtemps on ne l'avait connue dans la contrée que sous le nom de la *petite guenilleuse*. Et de fait, c'était une petite guenilleuse, recueillie par la feue femme de Célestin Simonnet, une brave créature du bon Dieu à qui la conduite légère de son mari avait rendu la vie amère, et qui avait adopté la pauvre petite par besoin d'affection, pour se distraire de ses chagrins et pour s'en consoler.

Cependant la jeune fille, la tête haute, se dirigeait vers la porte sans répondre. Pour la première fois de sa vie peut-être, elle s'était sentie blessée de la jovialité légèrement offensante du fermier.

« Est-elle sauvage, donc, à ce matin, notre jolie meunière? fit en entrant la vieille Suzanne.

— Hé! Madeleine, cria le fermier, ne vous en allez toujours pas sans mon sac de blé. »

Mais déjà Madeleine était remontée sur son cheval et franchissait au galop la grande porte de la ferme.

Comme elle repassait, le dos tourné, devant la fenêtre :

« Eh bien, Madeleine, et mon sac de blé? demanda M. Jacob.

— Vous l'amènerez au moulin vous-même, fit-elle en s'éloignant. Bonsoir, bonnes gens !

— Voyez-vous ça! » s'exclama le fermier.

Dans son grand lit tout blanc à rideaux de serge verte, Jérôme Bonhommet continuait de rêver.

VII

La force revient vite aux hommes vigoureusement trempés que la souffrance avait momenta-
nément affaiblis. Quelques jours après la petite
scène de la meunière et du fermier, Bonhommet,
sur le consentement du docteur, faisait à sa grande
joie ses premières promenades. S'appuyant d'un
bâton pour alléger sa marche, on le voyait tantôt
suivre les petits sentiers fleuris au bord de la rivière sinueuse, tantôt gravir courageusement la
côte et se diriger vers les bois. Déjà les blés gran-
dissaient; les avoines étaient sorties de terre; sur
les hauteurs ensoleillées, quelques trèfles hâtifs
s'émaillaient de pompons rouges; les foins, dans

les prairies, achevaient de mûrir. « Bientôt, se
disait Bonhommet, l'herbe sera bonne à faucher. »
Et, comme il avait été dans son jeune temps un
habile faucheur, il se promettait bien de ne point
bouder devant la besogne. Ses journées se passaient ainsi. A peine demeurait-il un instant à la
ferme. C'était à la fois sa joie et son crève-cœur,
en attendant qu'il pût se mettre à travailler à son
tour, de regarder peiner et besogner les autres.
Et puis il faisait si bon dans les champs, dans les
bois, au grand air; il y avait tant de paix et de
douce harmonie dans les aspects variés de cette
charmante vallée, tant de consolation et de vie au
sein de cette douce nature! Il allait donc par-ci
par-là, au hasard, regardant, admirant et songeant. Se sentait-il las, il s'asseyait un moment :
tantôt au bord d'un champ de blé, sur un de ces
gros blocs de grès qu'on voit surgir de terre et qui
sont si communs dans le pays, tantôt au pied d'un
arbre, à la lisière d'un bois, parmi les touffes de
bruyère rose et les genêts fleuris. Autour de lui
tout riait, tout chantait, tout sentait bon. Au souffle

du vent, on voyait ondoyer et miroiter au soleil, avec les mille nuances changeantes d'une moire splendide, toutes les rayonnantes promesses de la plaine, toutes les odorantes richesses de la prairie. Du fond du sillon vert où se cachait son nid, l'alouette en chantant s'élevait vers le ciel, où sa voix frémissante finissait par se perdre. Bonhommet connaissait de longue date tout cela : tout cela néanmoins le charmait comme une vieille histoire dont on ne saurait se lasser; il se ressouvenait du jeune temps, et des lambeaux de vieux airs voltigeaient sur ses lèvres; son sang, plus vivace et plus fort, coulait plus vite dans ses artères, et il lui semblait, dans chacune des bouffées de fraîche brise qui passait, respirer comme une nouvelle bouffée de vigueur et de rajeunissement.

Or un matin qu'il était allé faire, dès la fine pointe de l'aube, une petite excursion dans la direction d'Hondevilliers, à travers les grands bois remplis de rossignols, Bonhommet eut l'idée de redescendre du côté du village d'Orly et de suivre en musant les détours pittoresques de la gentille

rivière. Des Allemands et des Russes étaient de
passage dans la vallée. Ils étaient arrivés la veille
au soir et devaient repartir le lendemain pour
s'en retourner dans leur pays. Tous les villages en
étaient remplis. Ils occupaient les maisons, les
hangars, les écuries, les granges; on en voyait
d'installés dans les jardins, les vergers, aux abords
des habitations. Ils allumaient de grands feux et
faisaient leur cuisine, assis en rond autour de la
marmite où s'engouffraient toutes sortes de victuailles. A chaque instant, quelqu'un d'entre eux,
la mine fière, arrivait en courant, et tirant de dessous ses vêtements une poule, un canard, un
dindon auquel il avait courageusement coupé la
tête, était fêté par ses camarades, qui le félicitaient
chaleureusement dans leurs idiomes barbares. Ces
glorieux vainqueurs faisaient maintenant la guerre
à la volaille. Il y en avait de toutes les nations et
de toutes les races, au dire des gens de la vallée.
Et, de fait, il y avait un peu de tout dans ce singulier corps d'armée : à côté de Prussiens et de
Russes à la tenue régulière, on y rencontrait des

Kalmoucks, des Tcherkesses, des Baskirs, des Cosaques du Don et jusqu'à des sauvages du Kams-
chatka, tous armés, tant bien que mal, d'arcs, de
flèches, de haches, de lances, de poignards, les
uns à cheval, d'autres à pied, d'autres montés dans
des chariots, avec les costumes les plus étranges
et les physionomies les plus hétéroclites; vrai
ramas de bandits dignes des hordes d'Attila et
respirant la rapine, le meurtre et le pillage. « C'est
le dernier flot de l'invasion qui se retire, » avait
dit le docteur Claudet, forcé d'héberger plusieurs
officiers prussiens, et il avait ajouté plus bas :
« Avec son écume. » Aussi avait-il conseillé à
Bonhommet, que la seule vue d'un soldat étranger
mettait en colère, de sortir en plaine, de prendre
le plus possible d'air et d'exercice pendant le séjour des troupes ennemies; en quoi le brave sergent, du reste, se sentait parfaitement disposé à
lui obéir. Jamais peut-être il n'avait goûté mieux
le charme de la solitude qu'en redescendant la
pente en avant d'Orly, après son excursion vaga-
bonde à travers les bois. Il y a, dans cette partie

de la vallée, de petits coins ravissants, des tableau-
tins superbes. Lorsque Bonhommet arriva sur la
berge de la rivière, le soleil se levait, dissipant la
brume matinale et dardant ses flèches de lumière
jusque sur les cailloux blancs que l'onde claire et
transparente roulait en son cours. A quelque distance en aval, à travers le feuillage des saules et
des aunes, on distinguait des toitures de chaume
et l'on entendait le tic-tac d'un moulin. Bonhommet, qui ne manquait pas de mémoire, se ressou-
vint-il tout à coup de la jolie meunière? L'avait-il
d'ailleurs un seul instant oubliée? C'est ce que
dans le doute il ne saurait être permis de dire.
Toujours est-il qu'une légère teinte rose vint co-
lorer soudain le front pâle du sergent et qu'un
éclair de joie brilla dans ses yeux. Toutefois il ne
fit pas mine de se diriger vers le moulin, et comme
pour détourner le cours de ses pensées, qui suivaient peut-être un peu trop à son gré le fil de la
rivière, il remonta de quelques pas vers Sablonnières et parut se donner pour tâche d'observer
attentivement les évolutions d'un frêle et capri-

cieux insecte, d'une jolie demoiselle au corps fluet, aux ailes vertes glacées d'or et d'azur, qui s'en allait cherchant sa vie et se jouant parmi les fleurs des eaux. Spectacle attrayant et bien fait pour absorber l'attention d'un homme qui, pendant sept longues années, avait assisté sans pâlir aux batailles les plus meurtrières ! Soudain, rapide comme l'éclair, une effarvatte vint à passer, et Bonhommet, qui continuait d'observer, dut constater à son grand regret que la gentille libellule avait disparu.

Au même instant, d'ailleurs, des cris, le bruit d'une lutte se firent brusquement entendre au fond d'un chemin creux, à cinquante pas de lui, par devers le moulin. Une femme était là qui se débattait, demandant grâce et merci, implorant du secours d'une voix désespérée. Bonhommet, brandissant sa canne et retrouvant tout d'un coup ses bonnes jambes d'autrefois, comprit qu'il y avait peut-être de ce côté une bonne œuvre à faire, un danger à courir, et il y alla.

Frémissante de colère et pâle d'indignation, une

jeune fille, à demi terrassée par un sale Baskir aux yeux fauves, essayait de se défendre contre une tentative aussi odieuse qu'imprévue. Un peu plus loin, un cheval blanc, maintenu à la bride par un autre bandit de la même race, ruait, hennissait, faisait vacarme et paraissait indigné des violences exercées contre sa maîtresse. D'un coup d'œil, Bonhommet, du haut du talus couvert de genêts en fleur où il avait dû s'arrêter, avait embrassé toute cette scène. Sans hésiter une seconde, il se précipita, la canne haute, au fond du chemin creux, et là, saisissant à la gorge entre ses doigts noueux le misérable Baskir qui s'acharnait sur sa victime, il lui fit lâcher prise et le laissa, presque étranglé, rouler dans la poussière. Ebahi, stupéfait, l'autre bandit n'avait pas bougé. D'un geste, Bonhommet lui intima l'ordre de lâcher la bride. Ce convalescent, sous son uniforme de sergent français, avec son sourcil froncé, ses lèvres serrées, ses narines frémissantes, était effrayant et superbe de colère farouche. Emu, dompté, suant la peur, le Baskir obéit. Alors, saisissant entre ses bras la jeune fille à demi-morte de frayeur, Bonhommet la posa sur le cheval et lui mit tranquillement les rênes en main. Puis, se retournant vers les deux Baskirs : « A nous trois maintenant, messieurs les Cosaques ! » Mais, après avoir fait mine de dégaîner, les deux pillards étrangers trouvèrent plus sage de se retirer, et, escaladant vivement l'un des talus du chemin, ils se dirigèrent à travers champs vers le village d'Orly, où se trouvait leur cantonnement. Bonhommet les avait suivis jusque sur le talus. « Ces lièvres de Russie, fit-il en s'arrêtant, comme ça court ! comme ça court ! »

Quand il voulut redescendre dans le chemin creux, il s'aperçut que la jolie meunière était déjà loin. Son cheval l'avait emportée presque inconsciente et hors d'elle-même ; l'allure paisible de l'animal, l'air frais du matin, la sensation de la délivrance lui rendirent promptement la plénitude de sa raison ; un soupir gonfla sa poitrine, une larme perla sous sa paupière ; et, au moment où le sergent s'attendait à la voir disparaître au tournant du chemin, il put distinguer son gracieux visage qui se tournait vers lui, tandis que d'une voix qu'elle s'efforçait de rendre calme elle lui criait : « Merci ! »

VIII

« Ce n'est pas tout cela, monsieur Jacob, dit
Bonhommet au fermier après le départ des troupes
étrangères; mais puisque, grâce à vos bons soins,
me voici redevenu gaillard ainsi que vous me
l'aviez prédit, puisque d'autre part vous m'avez
appris que ma situation en ce qui concerne le régiment se trouvait régularisée, et puisqu'enfin vous
m'avez annoncé qu'une fois guéri je devrais me
considérer comme libre, absolument libre de faire
ce qui me plairait...

— Eh bien, partez, l'ami, partez !

— Non, permettez, je reste. Vous êtes vif, monsieur Jacob; mais, avec votre permission, je reste.
Écoutez-moi.

6

— Sergent, croyez...

— Appelez-moi Bonhommet tout court, j'aime
mieux cela. Maintenant, laissez-moi vous dire. De
mon métier, je suis berger. Mais de ce côté-là vous
êtes pourvu. Vous avez le père Maurice, qui m'a
tout l'air d'un brave homme et qui soigne bien
votre troupeau. Jeune et fort comme je suis, d'ailleurs, je puis vous être utile autrement ; et vous
pouvez compter, cher monsieur Jacob, mon sauveur et mon hôte, que je m'y emploierai. »

Dès sa première jeunesse, Bonhommet, réalisant
en cela la prophétie de sa marraine, avait eu la
réputation, dans tout Bezalles, d'être un gentil
parleur. Ce n'était pas, au moins, qu'il s'évertuât
à bien arrondir ses phrases, à bien équilibrer ses
périodes : des phrases, des périodes, est-ce qu'il
connaissait cela ? Bon pour les gens des villes !
Mais ç'avait été, dès son jeune âge, un goût parti-
culier chez lui de s'appliquer à rendre fidèlement
le sens de sa pensée, si bien qu'il en était arrivé à
n'avoir plus besoin de réfléchir pour l'exprimer
clairement. Étant franc d'allures et droit de carac-

tère, possédant cette dignité de l'honnête homme qui consiste à ne dire toujours que le nécessaire ou l'agréable, et à ne se mêler jamais des affaires du prochain que lorsqu'il s'agit de l'obliger, il n'avait pas à surveiller son langage et ne le surveillait pas ; son esprit et son cœur étaient là qui dictaient ; il les laissait parler.

Cependant la physionomie du fermier, d'abord quelque peu revêche, s'était tout à coup illuminée d'un sentiment de plaisir.

« Eh bien, mais voilà qui se rencontre on ne peut mieux, fit-il en tendant la main à son hôte ; avant qu'il soit longtemps, nous allons avoir ici de grands travaux : la fauchaison, la fenaison, la moisson, le battage, les semailles...

— Oh ! oh ! oh ! fit observer le sergent, je ne vous réponds point d'aller jusqu'au battage, encore bien moins jusqu'aux semailles, quoique sur ces deux points je puisse peut-être me tirer d'affaire aussi bravement qu'un autre. Mais, pour ce qui est de manier la faux et la faucille, je suis votre homme, et vous pouvez compter sur moi.

— En vérité, l'ami, vous me réjouissez le cœur, et voilà qui fait merveilleusement mon affaire ! Justement on m'apprenait tout à l'heure que Germain le Boiteux, mon deuxième batteur, qui m'aide habituellement à faucher mes prairies, vient de se donner une entorse. C'est le diable à guérir que ces satanées entorses ! Cette nouvelle m'a mis d'une humeur...

— Dont j'ai ressenti les effets.

— Justement. C'est sa faute aussi, à ce Germain ! Pourquoi cet animal de boiteux-là s'avise-t-il de boire un coup de trop quand il doit s'en aller par des chemins de traverse ? En cette saison-ci, encore, je vous demande un peu ! Avec cela que les foins sont mûrs et qu'il n'y a pas moyen d'attendre. Enfin, tant pis pour lui. J'étais furieux. Vous pourriez peut-être le remplacer ?

— J'y ferai mon possible, du moins, et je ne demande pas mieux que d'essayer.

— Oui, c'est bien, c'est fort bien. Seulement... Il y a un seulement... Je ne sais si je dois vous dire...

— Quoi ?

— Dame, c'est que, sergent…

— Allons, dites !

— Eh bien, c'est que, voyez-vous, sergent, je suis, moi Jacob Renard, un *saint-difficile* en fait d'ouvrage ; je ne veux pas qu'on laisse rien perdre, je ne puis supporter qu'on laisse rien traîner, et je préférerais, oui, je préférerais cent fois crever seul à la tâche plutôt que de voir un ouvrier me gaspiller mon bien ! Enfin, c'est comme cela. Germain le Boiteux est bon faucheur, et je n'aime pas du tout la besogne mal faite.

— Vous jugerez de la mienne, monsieur Jacob.

— Ceci, c'est une réponse. A la bonne heure ! vous n'êtes pas de ces gens qui promettent monts et merveilles sans savoir tant seulement à quoi ils s'engagent. « Vous jugerez de la mienne, » c'est parfait. On reconnaît l'arbre à son fruit, et c'est à l'œuvre qu'on peut juger l'ouvrier. Touchez là, Bonhommet. Voici qui est dit. Demain, au petit jour, nous sortirons les faux.

— Et, mille tonnerres, mon maître, — Bonhommet ne sacrait que dans les grandes occasions, — je serai prêt à vous suivre ! »

Et le lendemain, en effet, au premier chant du coq, M. Jacob et Bonhommet, tous deux frais et dispos, s'acheminaient ensemble vers la vaste prairie. Le trajet n'était pas long; en moins de cinq minutes, on fut arrivé. Le fermier quitta sa blouse, le sergent sa capote, et tous deux se mirent au travail. Dès les premiers coups de faux, M. Jacob put juger que son compagnon ne s'était point flatté : devant les pas de Bonhommet, les herbes, bien coupées, nettement tranchées, à moins d'un pouce de terre, tombaient par larges andains régu-liers, répandant leurs agréables senteurs dans la fraîche atmosphère du matin. On eût dit que le sergent n'avait fait autre métier toute sa vie. Il y avait bien un peu de cela; mais autre chose est d'abattre les herbes à coups de faux ou de mois-sonner les hommes à coups de fusil. Pas un *loup*, pas un brin d'herbe oublié; c'était vraiment ce qu'on peut appeler de la besogne bien faite. M. Jacob admirait. Notez qu'avec cela le sergent allait d'un train à laisser de beaucoup le fermier en arrière. Or celui-ci passait dans toute la vallée pour un travailleur hors de pair ; quand on parlait de Jacob Renard, c'était toujours l'intrépide, l'in- fatigable, le dévorant Jacob Renard, à qui la be- sogne semblait fondre dans les mains, qui savait tout faire et qui faisait tout dans sa propre ferme, n'employant que la moitié des gens qu'il aurait dû, mais ne laissant à ses ouvriers et domestiques sur- menés que la plus petite part du labeur commun. Et voilà que maintenant, dans ce soldat qu'il avait ramassé mourant sur un champ de bataille, le tra- vailleur hors ligne, l'ouvrier sans pareil, venait de rencontrer un égal, peut-être davantage. C'est qu'il n'y avait pas à dire non, le fait était réel, la chose était vraie. « Bon ! bon ! se disait le fermier pour se consoler de son infériorité, la fatigue va venir, ce beau zèle tombera. Le pauvre brave garçon doit être tout en nage. » Et le corps plié hardiment, tout en faisant manœuvrer rapidement sa grande faux, M. Jacob avançait à chaque seconde de toute la longueur de ses petites jambes, ne re-

levant un peu la tête que pour guigner de l'œil ce
grand diable de Bonhommet, qui, bientôt, arrivé à
la limite de la prairie, redressa lentement sa haute
taille, regarda son outil dont il affila soigneusement le tranchant, et se retourna. Le *pauvre brave
garçon* n'était pas en nage le moins du monde. Il
avait la physionomie calme, heureuse, de l'ouvrier
sûr de ses forces, qui s'acquitte de sa tâche sans
se presser et ne paraît en éprouver aucune fatigue. Pour le coup, M. Jacob, jusque-là jaloux autant que charmé, se résolut à mettre de côté toute
pensée mauvaise, et ne songea plus qu'à se réjouir
pleinement d'avoir à son service semblable compagnon.

Tel fut le début de Bonhommet comme faucheur au service de Jacob Renard, et, pendant tout
le fort de la saison des foins, son activité ne se
ralentit pas un instant.

Quant au fermier, enchanté, satisfait plus qu'on
ne saurait dire, quoique peu communicatif de son
naturel il ne rougissait pas de reconnaître l'évidente supériorité de Bonhommet, et ne manquait

pas une occasion de proclamer que depuis que le monde était monde jamais faucheur pareil n'avait été vu dans la contrée. Le sergent prenait à ses yeux des proportions épiques. « S'il fait ainsi les choses qui ne sont point de son ressort et auxquelles il s'entend le moins, comment doit-il donc s'acquitter de celles qui sont de son métier? se demandait-il à lui-même. Oui, ma foi, plus j'y réfléchis, plus je suis convaincu que ce grand gaillard-là serait un excellent berger. »

Sous l'empire de cette idée, M. Jacob Renard se disposait à faire des propositions en ce sens à son faucheur, lorsqu'un soir celui-ci l'aborda, disant : « J'ai quelque chose à vous demander. »

Le fermier se gratta l'oreille et prit la mine inquiète de tout homme soigneux de son bien en pareil cas.

« Voilà, continua Bonhommet, vos foins coupés et rentrés dans les meilleures conditions ; la moisson des blés ne commencera guère que dans trois semaines ; vous avez bien encore par-ci par-là quelques loquettes de trèfle et de luzerne à fau-

cher en deuxième coupe, mais cela ne tire pas à
conséquence et pourrait, au besoin, se faire en
temps sans moi. Or il y a sept ans que j'ai quitté
mon village; j'ai peut-être de ce côté quelques affaires à régler; mon oncle, ma tante, mes cousins,
à qui j'ai plusieurs fois écrit et dont je n'ai pas reçu
de nouvelles, sont peut-être inquiets à mon sujet,
car sait-on jamais, en des jours comme ceux que
nous avons traversés, si les lettres parviennent ou
non à leur adresse? Bref, je voudrais aller à Bezalles, et je vous serais obligé, mon hôte, de m'accorder aujourd'hui même congé pour y aller.

— Mais, mon brave ami, fit paternellement le
fermier, vous savez bien que je vous ai déjà
dit...

— Que j'étais absolument libre de disposer de
ma personne? Sans doute; c'est même une parole,
entre nous soit dit, sur laquelle vous revenez
peut-être un petit peu trop souvent; mais moi, je
considère que je puis bien offrir quelques mois de
mon travail à qui m'a conservé la vie; et je tenais
à vous donner avis de mon départ en même temps

que de mon prompt retour. Si donc vous n'y voyez aucun empêchement, je me mettrai en route demain matin, dès l'aube ; nous sommes au jeudi ; avant qu'il soit lundi, j'aurai repris ma place et ma tâche auprès de vous.

— Eh bien, allez, mon ami, allez. Vouloir retourner à l'endroit où l'on est né me paraît bien naturel. Allez, et bon voyage ! »

Et le fermier, après avoir serré cordialement la main de Bonhommet, se retira dans sa chambre, pensant à part lui : « Il ne reviendra pas ! Maintenant qu'il me trouve suffisamment indemnisé, il restera dans son village ou cherchera quelque place ailleurs. N'importe, c'était un bon garçon et un terrible faucheur tout de même. Et, ma foi, sans savoir, j'en aurais volontiers fait mon berger, avec cent bons écus de gages. Est-ce malheureux, pourtant, que le monde soit ainsi fait qu'on n'aime jamais qui vous oblige. Mais enfin, c'est ainsi ; faisons-en notre deuil, car pour sûr, pour bien sûr, il ne reviendra pas. »

Ce qu'ayant dit, M. Jacob Renard se déshabilla,

se mit au lit, rumina quelque temps cette triste pensée, et grommelant s'endormit.

Le lendemain, au moment où les gens de la ferme allaient se mettre à table, quelqu'un d'entre eux fit observer que le sergent n'était pas là.

« Non, dit le fermier, il s'en est allé dans son pays.

— Singulier jour pour se mettre en route! fit en se signant la vieille servante. Choisir précisément un vendredi, c'est vouloir faire mauvais voyage.

— Bah! bah! répondit M. Jacob, superstitions que tout cela. Le sergent n'y croit pas, et je n'y crois guère non plus.

— Et puis, d'ailleurs, fit une petite faneuse à l'œil vif, à la mine fûtée, peut-être avait-il des affaires sérieuses dans son pays? Quelqu'un l'attend peut-être là-bas? Le sergent est beau garçon, malgré son air sérieux. Les hommes, ça se marie.

— Hé! hé! voyez-vous cela? dit le fermier. Mais les jeunes filles, Zabeth, ça se marie aussi; et, tiens-toi tranquille, ma petite, un jour ton tour viendra. »

La fillette eut toutes les peines du monde à réprimer un soupir. Autour de la table, au milieu du cliquetis des fourchettes, ce n'étaient que rires silencieux et regards taquins à l'adresse de la jolie faneuse.

« Mais de quelle contrée est-il donc, le sergent, patron, sans vous commander? fit celui des convives qui le premier s'était inquiété de l'absence de Bonhommet.

— De quelle contrée? Mais de la nôtre à peu près, monsieur le curieux. C'est un bon Briard comme nous.

— Oui bien, je m'en doutais; mais c'était le nom du village dont il est né natif que je désirais savoir.

— Le village dont il est natif, répondit le fermier, est situé à cinq ou six lieues d'ici, sur le plateau qui s'étend entre l'Aubetin et le Durteint, de l'autre côté de Beton-Bazoches, en tirant vers Provins : c'est Bezalles...

— Où la bique a pris le loup, connu! Eh bien, le sergent a pris une singulière direction pour

y aller. Figurez-vous que je l'ai vu, de mes yeux
vu, qui descendait par le chemin creux et traver-
sait le gué là-bas, en amont d'Orly. Il n'était pas
quatre heures, à peine s'il faisait jour. Il s'est
arrêté sur une grosse pierre au milieu de la rivière
et est demeuré là, debout, plus de cinq minutes,
à écouter je ne sais quoi... le chant des oiseaux
peut-être ou le tic-tac des moulins, car merles et
rossignols faisaient' grand tapage à cette heure,
et déjà, dans la vallée, plusieurs moulins marchaient. On aurait, ma foi, dit, à le voir planté de
la sorte, qu'il attendait tranquillement que le
Petit-Morin eût cessé de couler... Moi, je le regardais, et ça me faisait rire. Enfin, il a fait les deux
ou trois pas qui le séparaient de l'autre rive, et je
l'ai vu qui s'engageait dans le vieux chemin pierreux qui gravit la côte et qui mène à Rebais en
passant par Champlion.

— Tout cela prouve que tu as de bons yeux.

— Oh! dame, pour ça oui, monsieur Jacob, de
fameux yeux, et qui portent loin, allez, quand ils
s'y mettent!

— Cela prouve aussi que le sergent, qui me paraît être un grand amateur de beaux pays, n'a pas craint de se détourner un brin de sa route pour connaître mieux les recoins de notre jolie vallée... puisque, dure comme elle est à cultiver, l'on dit pourtant qu'elle est jolie. Étant libre de son temps et de ses peines, il aura voulu prendre le chemin des écoliers. C'est son affaire et non la nôtre, et je ne vois pas trop, en fin de compte, de quoi nous nous mêlons. »

La conversation s'arrêta là : jamais semblable débauche de causerie n'avait eu lieu autour de la table commune ; les fourchettes et les mâchoires redoublèrent ensuite d'activité, et, quelques minutes après, le maître, donnant l'exemple, se levait de table pour se rendre au travail.

Quand il fut seul, le fermier laissa poindre au coin de ses lèvres comme un soupçon de sourire.

« Oui, oui, c'est bien cela, se prit-il à murmurer. Au-dessous du gué d'Orly se trouve le moulin de Simonnet, et dans le moulin de Simonnet habite la belle Madeleine. Est-ce que par hasard notre sergent?... Hé! hé! hé!... Alors il reviendra! Mais quelle idée, vraiment! Vraiment, quelle drôle d'idée! »

Et cet homme, qui ne riait pas aussi souvent qu'à son tour, se mit bravement à rire.

IX

Le dimanche matin, comme il revenait de la messe, — les notables allaient à la messe sous ce bon Louis XVIII, — M. Jacob Renard fut tout surpris de trouver au beau milieu de la table, juste en face de son couvert, un gentil petit rouleau qu'il développa soigneusement et qui se trouva contenir, tout compte fait, la somme de soixante-dix-huit livres dix sous.

On parlait encore par pistoles, écus, livres et sous, en ce temps-là, dans nos campagnes. Au surplus, on achète encore aujourd'hui une vache *cinquante pistoles*, mais on dit qu'on a payé cinq cents francs un lopin de terre de la même valeur. Singularités de l'usage.

Le premier mouvement du fermier, quand il eut ouvert le rouleau, fut — cela va sans dire — d'empocher la somme. Après quoi il se ressouvint d'une petite note qu'il avait laissé traîner — oh ! sans intention assurément — sur le manteau de la cheminée pendant toute une semaine, deux mois auparavant. Sur ce chiffon de papier étaient énumérés le coût des médicaments, le prix des visites du docteur, etc., etc.; des réparations à la charrette et quatre fers à cheval y figuraient même, un peu étonnés de se trouver là; c'était, bref, un compte en règle, un petit mémoire très soigneusement et très correctement établi. « Pas de doute, pensa M. Jacob, notre sergent est revenu. Il avait vu la note et il aura voulu la payer. C'est le procédé d'un honnête homme; mais où diable est-il donc, que je lui parle un peu? car, en vérité, je ne sais si je dois... »
Ce disant et songeant, le fermier caressait de la main les écus qu'il avait glissés dans sa poche, les retournait, les palpait, les retirait presque, puis les replaçait au fond, tout doucement, et finit par les y laisser, appuyant fortement son mouchoir par-dessus.

La question paraissait donc tranchée. Néanmoins M. Jacob était sorti dans la cour et s'était mis en quête du sergent. Il n'eut pas à chercher bien longtemps. Ayant entendu quelque bruit dans le verger, il traversa le jardin, où s'épanouissaient pêle-mêle à profusion les divers légumes de la contrée, et ne tarda pas à découvrir, derrière un carré de pois en fleur, une bonne nature de paysan qui, tranquillement assis à l'ombre d'un pommier, battait sa faux à petits coups de marteau, sur une mignonne enclume enfoncée dans le sol entre ses jambes écartées. Ce paysan, c'était Bonhommet. Le sergent était vêtu d'un de ces sarraus bleus agrémentés de broderies blanches et rouges, dont la mode n'est pas encore passée de nos jours; il avait avec cela un pantalon de velours à côtes, et de bons gros souliers bien lourds et bien solides. Un large chapeau de paille ombrageait sa tête brune, qui respirait la franchise et la douceur. Autour de lui fauvettes et pinsons voletaient, criaient, jouaient, sans s'effaroucher le moins du monde de sa présence. Il paraissait, d'ailleurs, être tout à sa besogne et ne songer qu'à donner à son outil le fil nécessaire pour trancher sec et net les hautes luzernes de la côte et les trèfles bien drus qui restaient à faucher. Le soleil, passant à travers les branches, mettait des taches de lumière sur le tissu grossier de ses habits.

« Hé! bonjour donc, l'ami! » fit M. Jacob.

Le sergent releva la tête.

« Tiens, c'est vous, monsieur Bonhommet? continua le fermier, en affectant la surprise. Enchanté de vous revoir! Vous voici donc de retour? Ma foi, sans votre visage, je ne vous aurais pas reconnu!... Mais à quoi vous amusez-vous là, de travailler ainsi le dimanche?

— Vous voyez, je battais cette faux; histoire de me distraire en vous attendant, répondit Bonhommet; il faut bien passer le temps. Et pour ce qui est de travailler le dimanche, je ne vois, ma foi, pas que la nature se repose jamais. Regardez plutôt autour de vous, patron : est-ce que les blés ne continuent pas de pousser, l'herbe de croître, la rivière de couler, le soleil de luire le dimanche comme les autres jours?

— Oui-dà bien, répliqua le fermier, mais M. le Curé vous expliquera clairement que si le bon Dieu ne se permet jamais de chômer, lui, c'est pour permettre à l'homme, sa créature, de se reposer un peu parfois et de passer quelques douces heures à l'adorer. Vous me répondrez à cela que le travail est une prière et qu'un vaillant ouvrier peut rendre hommage au Créateur sans cesser de besogner. Ceci, c'est de la discussion, et vous concevez bien que je n'entends goutte à ces choses. Avez-vous fait bon voyage? Parlons un peu de vous. »

Bonhommet alors, avec cette confiance et cet abandon qui le caractérisaient particulièrement, commença le récit de son pèlerinage au pays natal, racontant les impressions qu'il avait ressenties en apercevant son clocher, sa visite au cimetière, où les grandes herbes couvraient les tombes, et la surprise des gens du village qui ne le reconnaissaient plus et s'étonnaient grandement de le voir encore en vie. Quant à ses affaires, elles n'avaient pas été bien longues à régler. Son oncle et sa tante étaient morts du chagrin d'avoir perdu leurs enfants, qui, tous deux enlevés par la conscription, étaient allés se faire tuer en Espagne pendant que Bonhommet, lui, prenait part à cette fameuse campagne de Russie, dont on ne parlait au pays qu'avec des frissons de terreur et d'épouvante. Des collatéraux s'étaient emparés de l'héritage, et les pauvres biens du sergent avaient été compris dans la masse. Maintenant, pour ravoir la chaumière, le petit jardin et les quelques maigres perches de terre en plaine qui lui revenaient de ses parents, il lui fallait mettre en mouvement les huissiers, les avoués, les notaires, engager un procès. Bonhommet en avait touché deux mots, seulement pour la forme, car ce qu'il estimait le plus dans ces biens, ce n'était pas la valeur qu'ils représentaient, mais les souvenirs dont ils étaient pleins : son père, sa mère, son oncle, sa tante, ses cousins, ses jeux, ses chansons, les troupeaux qu'il avait gardés, toute son enfance, hélas ! et la meilleure partie de sa jeunesse, les premières rêveries de son esprit, les premières émotions de son cœur.

Les collatéraux, cependant, s'étaient effrayés. Ce sergent, en somme, quand il se fâchait, n'avait pas l'air bon. Les procès, ça coûte cher! On avait transigé. Bonhommet avait reçu deux cent cinquante écus pour se tenir tranquille, et il était reparti non sans jeter un regard douloureux sur ce pauvre cher village qu'il avait retrouvé tel qu'autrefois, mais où ne fleurissaient plus pour lui les amitiés des anciens jours. Tel fut le récit de Bonhommet.

« Maintenant, dit-il en terminant et en frappant de la main sur sa blouse, me voici redevenu ce que j'étais jadis. J'avais voulu revoir mon village natal dans mon uniforme de sergent, prier sur la tombe de mes parents avec ces modestes galons laborieusement gagnés. Une faiblesse de soldat, quoi! Mais puisque, selon toute apparence, je n'aurai plus désormais que des devoirs de paysan à remplir, je trouve naturel de reprendre le costume de l'emploi, et mets de côté l'uniforme, quitte à le rendosser plus tard si besoin était. »

Le fermier écoutait toutes ces choses d'un air de satisfaction très grande. Bonhommet donna de nouveau quelques petits coups de marteau sur le tranchant de sa faux, puis se leva, disant : « Voilà qui est fait, monsieur Jacob ; maintenant vos trèfles et vos luzernes n'ont plus qu'à bien se tenir. Demain, au point du jour, on leur dira deux mots.

— Oui, c'est cela, demain, fit le fermier ; aujourd'hui, nous nous reposerons, nous causerons, puis je ferai mes comptes et vous vous promènerez, en sorte que chacun sera content et se divertira. Et pour commencer nous allons bien déjeuner. Simonnet, le meunier, vous savez ? Simonnet...

— Non, je ne le connais point ; n'importe, allez toujours.

— Comment ! vous ne connaissez pas Simonnet, le meunier d'Orly, le patron de la petite ? Eh ! mon Dieu, Bonhommet...

— Je vous répète, monsieur Jacob, que je ne connais nullement Simonnet, et j'ajoute derechef que cela ne fait rien à l'affaire. »

Le fermier regarda Bonhommet en face ; celui-ci ne sourcilla pas.

« Eh bien, reprit M. Jacob, le meunier Simonnet

a trouvé dans ses nasses un joli brochet de trois livres qu'il m'a fait le plaisir de m'envoyer. Dommage que vous n'ayez pas été là ce matin : vous auriez vu la petite.

— Dieu me pardonne! monsieur Jacob; je ne vous croyais pas si bavard.

— J'ai mes jours.

— C'est ce que je me disais aussi. Mais je ne sais, en vérité, de quelle petite vous voulez parler.

— Eh donc! de Madeleine, la jolie Madeleine, celle qui fait battre tous les cœurs de la vallée, sans en excepter celui de son maître, aussi fort et aussi dru que le tic-tac de son moulin.

— Je ne connais point cette jeune fille.

— Vous l'avez vue, au moins?

— Une fois, chez vous, si c'est celle que je présume; il y a de cela deux mois; c'était un lundi. Je gardais encore le lit, en ce temps-là.

— Vous avez bonne mémoire, à ce que je vois?

— Et vous pas mal de langue, mon cher sauveur, sans vous offenser.

— Je vous ai déjà dit que j'avais mes jours. La

joie de vous revoir, quoi! Ah! elle aurait été bien contente aussi!

— Qui donc?

— La petite.

— Tenez, monsieur Jacob, nous allons nous fâcher. Je n'ai vu que deux fois cette jeune fille.

— Ah! ah! vous disiez *une* tout à l'heure.

— Tout à l'heure je disais : *une fois chez vous;* et vous ne m'avez pas laissé continuer. La vérité est que je l'ai rencontrée un autre jour.

— Et vous avez fait connaissance avec elle?

— Je ne lui ai point parlé.

— Alors, c'est peut-être qu'elle vous aura remarqué. Ce matin, quand elle est venue, on aurait juré, ma parole, qu'elle vous cherchait des yeux. Moi, quoi qu'on en dise, je suis assez bon homme quand je m'y mets. J'ai voulu la tirer d'inquiétude. « Mon Dieu! ma pauvre Madeleine, ne cherche pas tant, lui ai-je dit. Ton bel oiseau s'est envolé. » Là-dessus, la belle s'est gendarmée; elle a pris lestement la porte et s'en est allée sans répondre, mais toute rouge de colère, — vous savez? comme la première fois. Décidément cette petite ne peut point souffrir qu'on la plaisante, et pourtant...

— Et pourtant, monsieur Jacob, si vous le permettez, nous causerons d'autre chose. Ce que je vois de plus clair dans toutes ces histoires, c'est que nous aurons un brochet de trois livres pour notre déjeuner...

— Et un brochet du Petit-Morin encore, un brochet que ses mains ont touché.

— Quelles mains?

— Les mains de Madeleine, la jolie meunière.

— Monsieur Jacob, monsieur Jacob! allons-nous donc recommencer?

— Non, non, là, Bonhommet. Ne vous échauffez pas. Je conviens que j'ai tort. Si je suis un peu taquin, voyez-vous, c'est que je suis très content.

— Content de quoi?

— Mais de vous revoir, sergent, je vous l'ai déjà dit.

— Ah! pour le coup, monsieur Jacob, voilà qui est aimable, on ne peut plus aimable!

— Mais je vous ferais plus de plaisir, pas vrai, en vous taquinant moins?

— Dame, convenez...

— Je conviendrai de tout ce que vous voudrez. Allons nous mettre à table : le brochet doit être cuit.

— Eh bien, à lui comme à vos luzernes, je me promets de dire deux mots; car, à marcher comme cela, le matin, au grand air, par monts et par vaux, — savez-vous que de Bezalles à Sablonnières il y a bel ét bien six lieues? — on n'est pas sans gagner bonne dose d'appétit.

— Excellente maladie, garçon, et facile à guérir!

— Oui, quand on a du pain... Mais à propos de pain, monsieur Jacob, débarrassez-moi donc de ceci. »

Et, tirant alors de sa poche une grande bourse de cuir vert bien ronde et bien pesante, Bonhommet souriant la tendit au fermier.

« Il y a là-dedans six cent cinquante francs, fit-il. Vous vérifierez; c'est le restant de mes écus.

— Soixante-cinq pistoles, alors. Un gentil denier ! Cela vous servira pour vous mettre en ménage.

— En ménage, moi?

— Sans doute, vous! Pourquoi pas? N'êtes-vous pas d'âge à vous marier? Ah! si j'avais eu le temps, moi... Mais j'y songerai; oui, j'y songerai, pour sûr; il se fait bientôt temps que j'y songe. En attendant, je garde vos écus et leur ferai faire des petits. Je vais vous donner un reçu.

— Non, non, c'est inutile.

— Les affaires sont les affaires. Je vais vous donner un reçu. »

En causant et disputant de la sorte, le fermier et son faucheur étaient arrivés jusqu'à la salle commune, où le déjeuner les attendait.

« Nous serons seuls à table aujourd'hui, dit alors M. Jacob, c'est fête à Saint-Cyr, et j'ai congédié tout mon monde, sauf la vieille Suzanne. Ces jeunesses, ça ne songe qu'au plaisir. Croiriez-vous pas qu'hier j'ai surpris Zabeth, la petite faneuse, en train de danser dans la prairie son râteau à la main? Jusqu'à ce vieux bonhomme de père Maurice, — oh! c'est justice à lui rendre qu'il joue de la *chalmille* comme pas un! — eh bien, ce brave homme rêvait d'aller faire sa petite partie dans l'orchestre de Saint-Cyr. Je lui ai dit : « Mais voyons, papa Maurice, ça n'a pas de bon sens : et mes moutons, à moi, qui donc les mènera paître? — Bon! bon, monsieur Jacob? m'a-t-il répondu, vos moutons savent très bien que c'est fête à Saint-Cyr : ils se reposeront. » Que voulez-vous répondre à des sornettes pareilles? J'ai donc congédié tout mon monde, accordant à chacun campos pour la journée. Une fois n'est pas coutume, et peut-être, après tout, qu'ils me revaudront cela. Voici votre reçu. Tenez, je vais vous le lire.

— Merci, monsieur Jacob, je le lirai bien tout seul.

— C'est juste, vous savez lire, vous, Bonhommet! Ce que c'est pourtant que l'habitude d'avoir affaire à des ignorants. On finit par s'imaginer qu'on est seul de son espèce à savoir quelque chose. Oh! vous pouvez regarder; il n'y manque rien, allez! Les affaires sont les affaires, et j'ai pour règle invariable de les traiter sérieusement. Ce n'est pas à moi qu'il arrivera jamais d'omettre un point ou une virgule. Vous remarquerez toutefois que je n'ai point fait mention d'intérêts sur cette reconnaissance.

— A quoi bon, puisque c'est un dépôt que je vous fais?

— Sans doute, sans doute, mais tout à l'heure je crois bien que j'avais l'air de vous laisser entendre qu'entre mes mains peut-être vos écus feraient des petits. Paroles en l'air, Bonhommet, paroles en l'air ! Quand je suis joyeux , voyez-vous , il m'échappe quelquefois des paroles en l'air. Le fait est qu'en y réfléchissant mieux, je craindrais bien plutôt de me trouver embarrassé de votre argent...

— Oh! qu'à cela ne tienne, monsieur Jacob, je ne voudrais aucunement vous gêner, et pour peu que cet argent vous embarrasse...

— Nullement ; on se doit à ses amis, et je le garde pour vous obliger. Je crains seulement beaucoup de ne pouvoir lui faire rapporter grand'chose. Les placements, voyez-vous...

— Et puisque je vous dis, monsieur Jacob, que c'est à titre de dépôt que je vous confie cet argent!

— Fort bien alors, fort bien, ne nous emportons pas, nous nous en porterons mieux... Nous voici donc d'accord. Il ne me reste plus qu'à vous remercier de votre confiance, ami Bonhommet. »

Et le fermier fit disparaître dans sa vaste poche la grosse bourse de cuir vert dont il avait, tout en parlant, soigneusement vérifié le contenu.

« Maintenant, à table ! dit-il en s'asseyant et en saisissant une bouteille pour verser à boire.

— A table, » répéta Bonhommet en prenant place vis-à-vis de M. Jacob.

On commença d'abord par boire un bon coup de vin clairet; puis, le brochet ayant été servi, les deux convives se mirent à le manger.

Quant aux soixante-dix-huit livres dix sous de la petite note, ils reposaient toujours dans un coin de la grande poche du maître, sous un mouchoir à carreaux rouges vigoureusement pressé. Pas de crainte qu'ils vinssent à s'évader ! Le sac des soixante-cinq pistoles, d'ailleurs, se serait mis en travers. Au reste, M. Jacob trouvait tout simple, puisque Bonhommet se taisait sur son petit rouleau, de ne pas en ouvrir la bouche non plus. Après tout, ces soixante-dix-huit livres dix sous représentaient exactement, à ce qu'il se rappelait, le total parfaitement établi de ses dépenses et menus débours. Peut-être avait-il grossi par-ci par-là quelques chiffres, histoire de les arrondir; mais la chose, en conscience, était insignifiante, tellement insignifiante que, l'eût-il connue, Bonhommet, ce ressuscité d'entre les morts, se serait fait scrupule de réclamer. Au surplus, il n'y songeait guère, le brave garçon, à réclamer, puisqu'au contraire il était venu mettre gratuitement ses bras à la disposition de son sauveur pour toute la moisson. Eh bien, on utiliserait son dévouement, on accepterait religieusement en offrande les témoignages de sa reconnaissance. Mais après la moisson ce serait au tour du fermier de se montrer généreux, et alors...

« Hé! hé! que pensez-vous de cela, l'ami Bonhommet?

— Du brochet? Je le trouve très bon.

— Eh non! de ma proposition?... Vous avez l'air

8

tout ébaubi : c'est juste, je ne vous ai point dit...
Je m'étais promis de vous en parler pourtant... Et
puis j'avais remis la chose à plus tard. Mais puisque
nous voilà seuls tous deux, je puis bien vous conter
l'affaire tout de suite. Et l'affaire, la voici en deux
mots : c'est que je m'accommoderais volontiers de
vous pour mon berger.

— Hum ! fit Bonhommet en vidant tranquillè-
ment son verre.

— Et je vous donnerais bien, fit le fermier en
versant à boire, oui, ma foi, je vous donnerais bien
jusqu'à cent écus de gages. Mais buvez donc, ami
Bonhommet, vous ne buvez pas !... Et, en outre des
cent écus, je vous gratifierais de ma petite maison
de la Belle-Etoile, là-haut, sur la côte, en bon air
et en excellente situation pour un amateur de jolies
vues. On découvre de là toute la vallée, avec ses
champs, ses bois, ses hameaux, ses prairies, sa
rivière : c'est tout bonnement magnifique ! Notez
qu'il y a un petit jardin que votre femme pourrait
cultiver. Il y a aussi des rosiers en palissade qui
grimpent jusqu'au toit de chaque côté de la porte.

Cela sent bon quand c'est fleuri ! Le jardin est entouré d'une haie d'aubépine, avec de grosses touffes de sureaux dans les coins ; ajoutez encore un cerisier, trois poiriers et deux gros pommiers. Il faut voir au printemps ! On s'imaginerait de loin un gros bouquet de mariée posé là sur la côte, au bord du grand chemin, à la lisière des bois. Si les fleurs viennent à fruit, je n'ai pas besoin de vous le dire. Tous arbres en plein rapport ! Et quels fruits ! Du catillac, du rousselet, du messire-jean, de la reinette, du calville et de la montmorency. L'eau vous en vient à la bouche rien que d'y penser ! Enfin, c'est magnifique, tout bonnement magnifique ! Et je vous céderais tout cela : la maison, le jardin, les rosiers et la vue, pour vos six cent cinquante francs. Ça vaudrait pour un autre trois cents écus comme un liard, mais ce ne sera que six cent cinquante francs pour vous. Franchement c'est pour rien, et voilà, par ma foi, qui devrait vous tenter. »

Bonhommet se mit franchement à rire.

« Mon Dieu, fit-il, monsieur Jacob, vous avez une manière d'accommoder les choses tout à fait merveilleuse. Vous me parlez d'une maison, d'une femme et d'un emploi de berger. Laissons les deux premiers articles de côté, s'il vous plaît, pour le moment. Quant à ce qui concerne l'emploi de berger que vous me proposez...

— Oui-dà, Bonhommet, mon ami, et avec cent écus de gages encore ! N'est-ce pas un bon prix ?

— Sans doute, mais je n'ai pas à devenir votre berger, puisque de ce côté-là vous êtes pourvu. Si plus tard le père Maurice, qui se fait un peu vieux, venait à vous manquer, je ne demanderais peut-être pas mieux, au cas où je serais encore libre, que de le remplacer, car décidément je me sens un faible et pour votre ferme et pour votre pays, sans parler de la reconnaissance que je vous dois; mais jusque-là... *motus !* comme disait jadis mon capitaine quand on jasait dans le rang. Motus, monsieur Jacob ! je n'aime pas à marcher sur les brisées des autres. Pour le moment, nous avons votre fauchaison à finir et votre moisson à faire. C'est bien, et, jusqu'à ce que la dernière javelle ait été rentrée dans votre grange, je demeure à votre ser-

vice ; je vous prierais même au besoin d'accepter
que j'y demeure, trop heureux si je puis, de cette
manière , vous indemniser des ennuis et des dépenses que je vous ai causés, et vous témoigner un
peu de ma gratitude pour la grande charité que
vous m'avez faite de me conserver la vie quand
tant d'autres sont morts, qui valaient autant que
moi,dans le ravin là-bas, où vous m'avez trouvé. »

Il y eut un silence. Bonhommet avait prononcé
ces dernières paroles avec un tel accent de sincé-
rité que M. Jacob Renard, tout Jacob Renard qu'il
était, se sentit le cœur tout remué.

« Mais, fit au bout d'un instant le fermier, permettez-moi de vous dire aussi qu'à la fin des fins,
Bonhommet, mon ami, vous me dédommagerez
trop... N'ai-je point trouvé là tout à l'heure, devant
mon couvert, un petit rouleau qui... un petit rouleau que.. Vous voulez que je me taise ! eh bien,
soit, n'en parlons plus ; seulement c'est moi maintenant qui suis en reste avec vous, et cela me ta-
quine un peu, je l'avoue, de penser que j'ai fait
une si bonne affaire en vous ramenant de là-bas.

— J'espère, au moins, que vous ne vous en repentez pas? dit Bonhommet en riant.

— Oh pour cela non, par exemple! Et tenez, je ne vous le cache pas, on dit de moi dans la vallée que je suis avare, ambitieux, cupide même; les uns, sachant que je suis toujours à la piste des bonnes occasions, m'appellent Jacob l'avisé, et ajoutent que mon nom de Renard s'accorde parfaitement avec mon caractère; d'autres, plus sévères, vont jusqu'à me traiter de loup, d'usurier, de canaille; pour tous, je suis plus ou moins de la catégorie des rapaces qui s'engraissent et s'arrondissent des dépouilles d'autrui; on me respecte pourtant, on a même de la considération pour moi, parce que je prospère, parce que je réussis, parce que je suis fort, et parce qu'au fond on se rend parfaitement compte que je ne suis ni malhonnête ni déloyal, mais simplement prudent, intéressé, ménager de mon bien et désireux de bien faire. Que je pousse ces qualités à l'excès, c'est possible, et je n'entends pas y contredire : il y a parfois du vrai dans la critique des gens. Mais laissez-moi cependant vous assurer, Bonhommet, que si je désire si vivement vous avoir à mon service, ce n'est pas seulement pour le bénéfice que j'y trouverais, mais aussi, mais surtout pour le plaisir et pour la bonne amitié. »

Bonhommet tendit la main au fermier.

« Oui, reprit celui-ci, il y a dans toute votre nature, dans toute votre manière d'être, je ne sais quoi de simple, de franc et de généreux qui m'a touché le cœur. Il me semble que si je vous avais près de moi, j'y gagnerais de toutes façons.

— Eh bien, touchez là, dit Bonhommet. Après la moisson, j'aurai par ailleurs un engagement à remplir; mais, dès que je serai redevenu libre, — dans un an ou deux, par exemple, — si vous avez une place à m'offrir, je reviendrai vous trouver. »

Le fermier aurait volontiers demandé quel était cet engagement qu'avait à remplir le sergent après la moisson, mais il craignit de paraître trop curieux.

Le repas s'achevait.

« Allons, encore un coup, » fit-il en vidant dans les verres la troisième bouteille.

Et l'on but un dernier coup en effet.

Là-dessus, les deux convives se levèrent de table. Il ne restait guère du brochet que la queue, la tête, les nageoires et les arêtes, plus un petit morceau dont la vieille servante, personne de médiocre appétit, pouvait encore s'accommoder. Suzanne donc enleva le couvert, pendant que Bonhommet, ayant allumé sa pipe, — la petite pipe du dimanche, — s'en allait rêver au soleil, et que M. Jacob, retiré dans sa chambre, s'occupait de serrer précieusement son argent.

X

Ce n'est pas un métier commode que celui de raconter des histoires, surtout quand on a pris pour règle de demeurer toujours dans la ligne droite et dans la vérité. On a beau avoir la réputation, comme l'avait Bonhommet, d'être un gentil parleur, être, avec cela, commis greffier de la justice de paix de Rebais, et avoir fait ses classes chez le maître d'école de son village, à vingt-cinq sous par mois, il y a des moments où la fatigue vous vient et où l'on ne demanderait pas mieux que de céder un instant la parole à un autre.

N'allez pas croire, au moins, que j'éprouve à terminer ce récit le plus petit embarras; rien de plus simple, puisque je n'ai qu'à me souvenir de choses qui m'ont été racontées, et je ne regretterai certainement pas de l'avoir entrepris si vous voulez bien reconnaître avec moi qu'il ne vous a pas trop ennuyé. Mais l'heure se passe, et, sachant que j'ai des copies de jugement à faire, je m'impatiente un peu de mes propres lenteurs. Enfin, au bout le bout! A force de dévider le rouleau, nous arriverons peut-être à finir notre histoire.

Voilà donc le fermier qui serre son argent pendant que Bonhommet fume et rêve au soleil.

Un détail que vous n'avez pas été sans remarquer, c'est que depuis sa convalescence il est arrivé fréquemment au brave sergent de rêver.

A qui, à quoi rêve-t-il?

Ai-je besoin de vous le dire? il rêve à Madeleine.

Car il y pensait, quoi qu'il en eût dit; et cette image que lui avait présentée le fermier d'une petite maison tapissée de rosiers en fleurs, avec une gentille ménagère filant en l'attendant sa quenouille sur le seuil, n'était assurément pas faite pour déplaire à son esprit amoureux des choses douces et tendres. Il y pensait, et il y pensa davantage encore à partir de ce dimanche-là. Aussi M. Jacob se serait-il grandement étonné s'il avait pu deviner ce qui se passait au fond du cœur de Bonhommet; et peut-être qu'avec l'opinion qu'il avait de Madeleine, au lieu de taquiner et d'exciter le brave sergent à son sujet, il l'aurait détourné sérieusement de l'aimer.

Ce n'était pas non plus que Bonhommet n'eût des doutes à l'égard de cette jeune fille : la manière légèrement moqueuse dont on en parlait généralement dans le pays, sa façon de vivre avec un homme de réputation équivoque et qui ne paraissait avoir, aux yeux du monde, rien de la gravité ni de l'autorité d'un père, tout cela l'irritait et le chagrinait, mais ne l'empêchait pas d'aimer.

A la vérité, il ne se rendait pas bien compte de ses sentiments et ne croyait pas encore son cœur engagé.

Ah! s'il avait été de ces hommes hardis avec les femmes, qui ne craignent pas d'avouer leur sen-

timent au risque d'un refus, il serait allé bravement à Madeleine, et tous deux alors peut-être se
seraient expliqués. Les occasions ne manquaient
pas par ce temps de moisson. Il arrivait assez
souvent à la jeune fille, en faisant sa tournée, de
passer au bout de quelque champ où travaillait
Bonhommet : les chemins sont faits pour tout le
monde, et la jolie meunière ne se détournait pas
de sa route pour éviter celui qu'elle considérait
comme son sauveur. Mais il était timide, cet
héroïque sergent, timide en diable : il n'osait pas!
Et puis, cet air de fierté qu'il avait remarqué sur
le visage de la jeune fille, cette sorte d'indignation
muette qu'elle avait manifestée un jour devant lui
aux paroles goguenardes du fermier, tout cela
le troublait. Au fond, il la croyait honnête, mais
ne se sentait pas le courage de tirer la chose au
clair. Et d'ailleurs, s'il en était ainsi, pourquoi ne
se défendait-elle pas contre les insinuations mal-
veillantes, pourquoi ne réduisait-elle pas à néant
les suppositions injurieuses, pourquoi ne relevait-
elle pas la tête sous l'affront? « Ce serait pourtant

si bon, se disait-il en soupirant, de pouvoir l'aimer en toute sécurité de conscience, sans craindre de placer mal ses sentiments! car je l'aimerais, moi, Bonhommet, en dépit de tout ; oui, malgré les raillèries, les sourires narquois, les méchants pro- pos, les mauvaises paroles, je sens bien là que je l'aimerais. »

Et le malheureux sergent comprimait à deux mains les battements précipités de son cœur, ne se rendant pas compte que ce n'était plus chose à faire et qu'il l'aimait déjà.

La situation aurait pu s'éterniser sans une cir- constance tout à fait imprévue qui vint subite- ment la modifier.

XI

C'était là coutume alors, et c'est encore l'usage
en quelques endroits aujourd'hui, de clore par un
banquet patriarcal l'ère laborieuse et fatigante de
la moisson. Lorsque les champs allaient se dé-
garnissant, que les moissonneurs, la chemise
collée au dos, donnaient leurs derniers coups de
faucille et posaient mollement sur le sillon brû-
lant les poignées d'épis jaunes de leurs dernières
javelles, que les charretiers couraient claquant du
fouet, éreintés mais joyeux, par les sentes boisées,
dans l'ombre illuminée du doux reflet des gerbes,
que les meules s'entassaient autour des granges
pleines comme pour témoigner de l'abondance de

la récolte et de l'activité du fermier, on ne se disait pas seulement : « Voici la fin de la moisson, » mais aussi, mais surtout : « Voilà *la chien d'août* qui vient ; » et alors qui saurait jamais dire la somme de joie intime et sensuelle qui remplissait l'âme de ces vaillants travailleurs de la glèbe, habitués au pain dur et à la maigre soupe pour tout régal, et à l'eau claire pour toute boisson ?

La chien d'août ! le terme pourrait paraître bizarre à quiconque ne l'aurait pas encore entendu. Etait-ce par corruption du mot *fin d'août*, évoquant des idées de chasse à travers les plaines dépouillées de leurs récoltes, que cette appellation avait pris cours dans la contrée et qu'elle était passée dans le langage usuel de nos bonnes gens de la campagne ? Ce n'est pas à moi qu'il faut demander cela : je n'ai jamais été ferré sur les étymologies. Mais ce que je sais bien, par exemple, ce que je sais pour l'avoir éprouvé moi-même, au temps où, ne prévoyant pas encore mes destinées de commis greffier, je conduisais aux champs le troupeau d'oies du fermier de mon village, c'est

que par tous indistinctement, du plus petit au plus
grand des habitants de la ferme, cette solennité
réconfortante de la chien d'août était ardemment
désirée. Ne marquait-elle pas, en effet, pour les
ouvriers surmenés, la fin de la grande fatigue,
la fin des durs labeurs sous un ciel accablant, et
pour le fermier content de sa récolte, qu'il évaluait
en pièces d'or, le couronnement d'une année de
travail et le commencement de la récompense?

Et lorsqu'enfin, au faîte de la dernière char-
-retée, à l'ombre d'un immense rameau vert qu'en-
tourait à sa base un groupe hâlé de moissonneuses
jasant entre elles et s'aiguisant les dents à croquer
le blé des gerbes, le maître arrivait lui-même, les
guides en main, un bouquet d'épis au chapeau,
assis les jambes ballantes au-dessus de la croupe
de son cheval, et que franchissant la porte charretière ou s'approchant de la dernière meule il se
mettait à crier d'une voix sonore : « C'est la dernière voiture ; laissons le reste aux glaneuses ! »
comment essayer de dépeindre ce soudain épanouissement des visages répondant au soudain

9

épanouissement des cœurs ? La ferme, en un moment, s'emplissait de tumulte : c'étaient des cris,
des chants, des appels joyeux, de grands éclats de
rire. Et quelle activité prodigieuse ! Pendant que
les charretiers et calvaniers remisaient leurs attelages, donnaient aux chevaux la provende, met-
taient chaque chose en place sous les hangars, la
maîtresse de maison descendait dans la basse-cour
et de son doigt tendu désignait les victimes. On
égorgeait, on plumait à la hâte poulets, dindons,
canards ; sous les ordres cruels de la douce créature, colombier et clapier étaient mis au pillage.
D'autre part, on voyait arriver de la boucherie
la plus voisine d'énormes pièces de bœuf bien
rouge dans de vastes corbeilles garnies de frais
linge blanc. Ce n'était pas encore assez. On sacri-
fiait un mouton. Les cheminées flambaient, les
fourneaux s'allumaient ; c'était, sur les charbons
incandescents, devant les âtres incendiés, une
débauche de vases, de marmites et de casseroles
de tous les calibres, et dans ces vastes salles, d'ordinaire si sombres, un tohu-bohu de gens affairés,

chacun accomplissant régulièrement sa tâche, au milieu d'une confusion inexprimable de rayons, de reflets et de lumières trouant le clair-obscur, lutte ardente et joyeuse entre le jour et l'ombre. Cependant les tables se dressaient pour le festin du soir. Tandis que ceux-ci ajustaient des planches sur des tréteaux en guise de rallonges, celles-là, d'un pas léger, apportaient de lourdes piles de vaisselle multicolore, ou bien de grandes poignées de couverts d'étain dont le cliquetis un peu mat se mariait agréablement au ronronnement des casseroles fumantes, au grésillement de la chair rôtie et au frémissement des jus de volaille tombant dans les lèchefrites. Tableau savoureux et bien fait pour mettre en goût les estomacs les plus récalcitrants, s'il y en avait eu! On jetait une bourrée de bois sec dans le four au pain pour cuire les galettes, les tartes aux fruits, toutes les solides friandises du dessert; et la diligente maîtresse de maison, le fermier quelquefois lui-même, ne dédaignaient aucunement de se mêler de cette besogne et de mettre, comme on dit, la main à la pâte pour préparer la chien d'août.

Mais c'est le soir surtout qu'il faisait bon dans la salle commune, lorsque, sous les petites lampes de cuivre à crémaillère suspendues au plafond, toute la maisonnée était rassemblée autour des tables du festin! Il fallait voir alors, au milieu d'un pêle-mêle de grands brocs de grès à dessins bleus remplis de vin, toutes ces montagnes de victuailles qui se dressaient fumantes, sur les plats de faïence grossièrement émaillée , semblables à des récifs embrumés s'élevant au-dessus d'océans de sauces de divers goûts et de nuances diverses; il fallait les voir s'affaisser et disparaître engouffrées dans les vastes estomacs des robustes convives! Longuement aiguisés par l'attente de tant de succulentes choses , ces rustiques appétits ne connaissaient plus d'obstacles. Le récif avait beau sembler dire : « Vous n'irez pas plus loin ! » il était emporté, englouti de vive force, au bruit des quolibets qui se croisaient en tous sens. Car on ne se gênait pas pour parler entre les bouchées, ou même la bouche pleine. Tout Briard est un peu... chacun sait ça;

mais les convives les plus loquaces n'y perdaient pas un coup de dent. Quand arrivait le dessert, on se mettait à chanter, à conter des histoires : anecdote ou chanson, chacun disait la sienne ; c'était long, long, long ! Et cependant le temps s'écoulait vite. On buvait en chantant, on chantait en buvant ; personne ne s'inquiétait de l'heure, et la fête de la moisson se prolongeait parfois ainsi jusqu'au lendemain. Ah ! c'est qu'il n'y en avait qu'une de ce genre-là depuis le 1er janvier jusqu'à la Saint-Sylvestre, qu'on se la remémorait pendant les douze mois de l'année, et que cette fête rustique et joyeuse entre toutes c'était la chien d'août !

Chez Jacob Renard, le fermier économe par excellence, le festin traditionnel ne pouvait avoir — vous le comprendrez de reste — une semblable importance. Sa ferme était, au surplus, loin d'être à cette époque ce qu'elle est devenue depuis. Cependant le fermier, cette fois, s'était piqué d'amour-propre et avait résolu de faire convenablement les choses. En conséquence, il avait donné carte blanche à la vieille Suzanne. Confiance admirable-

ment placée, du reste ! Suzanne était experte en
l'art de tirer parti de tout et de faire quelque chose
avec rien. M. Jacob avait seulement ajouté qu'il
verrait sans déplaisir que l'on mît cette année les
petits plats dans les grands, vu qu'il fallait faire
honneur au sergent, dont le départ était fixé au
lendemain, et qu'à cette intention il avait invité
plusieurs notables du village, à savoir : les deux
frères Moutenot, dont l'un était maire de la commune ; puis l'adjoint Mathurin Gaillard, un bon
vivant qui parlait mal, mais buvait sec; le docteur Marius Claudet, qui buvait mal, mais parlait
bien, et enfin l'honnête curé de la paroissse, gros
homme à la figure réjouie, qui, bien que très digne
et très respectable, passait pour s'acquitter également bien des deux. Un autre notable, grand ami de
M. Jacob et fermier comme lui, M. Casimir Duflot,
qui devint plus tard une des célébrités agricoles
de la Grande Brie, s'était fait excuser pour cause
d'indisposition.

La rentrée des récoltes ayant été terminée vers
trois heures, charretiers et moissonneurs, après

avoir rangé, ceux-ci leurs outils, ceux-là leurs attelages, s'étaient rendus ensemble à l'auberge pour boire un coup et passer le temps. M. Jacob et le sergent lui-même les avaient suivis. Les femmes et les fillettes étaient demeurées à la ferme pour contribuer, chacune dans la mesure de son talent ou de ses forces, aux préparatifs du festin du soir. Alors on avait vu arriver dans la salle commune, un peu timide en son allure et portant au bras un panier dans lequel se trouvaient trois belles grosses carpes enveloppées d'herbes fraîches, la vaillante et jolie meunière du petit moulin d'Orly. Les trois belles grosses carpes étaient un nouveau cadeau de Simonnet, qui, ne se sentant pas trop à l'aise dans ses affaires et sachant qu'il est toujours sage de se ménager la bienveillance des personnes dont on peut avoir besoin, n'avait pas cru pouvoir mieux placer ses générosités en un pareil jour. En outre, il avait été convenu entre le meunier et Madeleine que celle-ci se tiendrait à la disposition de Suzanne pour toute la soirée, si la *maîtresse-servante* paraissait portée à s'accom-

moder de cet arrangement. Proposition trop avan-
tageuse pour n'être pas accueillie avec toute bienveillance. Suzanne, qui connaissait par ouï-dire les
petits talents de Madeleine dans les détails du
ménage, n'était nullement fâchée de la mettre à
l'épreuve. A la vérité, il y eut bien, dans le groupe
affairé des servantes et des moissonneuses, quelques sourires malins, quelques chuchotements
moqueurs à l'arrivée de la jeune et jolie meunière;
mais celle-ci ne parut pas y prendre garde, et Suzanne, avec l'autorité que lui prêtaient son âge et
ses fonctions, n'eut qu'à regarder d'une certaine
façon la troupe bruyante des rieuses pour imposer à
toutes un maintien plus convenable et plus réservé.

« C'est une fameuse idée, ma petite, qu'a eue là
Simonnet, dit la maîtresse-servante, de vous envoyer ainsi à mon aide en un semblable jour; aussi
je me promets de l'en remercier moi-même à la
première occasion. »

Ma petite était grande et forte, mais elle s'inclina,
sentant bien que dans la bouche de Suzanne cette
appellation familière n'avait rien de dédaigneux et

qu'elle constituait au contraire en quelque sorte une marque d'amitié.

« Des remercîments pour si peu ? répondit la jeune fille. Mon Dieu ! mam'zelle Suzanne, cela n'en vaut guère la peine. Au reste, vous verrez M. Simonnet ce soir, car il doit venir me prendre sur dix ou onze heures pour me ramener au moulin.

— C'est juste, fit en branlant la tête la vieille servante, qui s'était remise à ses fourneaux ; une jeunesse comme vous ne saurait s'en aller toute seule par les chemins la nuit. Prudence est mère de sûreté. Je ne sais pas si vous êtes comme moi, Madeleine, mais rien que de penser que l'on pourra se trouver esseulée, à travers le brouillard et la rosée de la nuit, au milieu de toutes ces grandes buées grises qu'on voit, pareilles à des suaires, flotter sur les prairies, entre ces longues rangées d'arbres noueux qui s'inclinent sur le sentier en allongeant leurs branches comme de grands bras dans les ténèbres, et qu'on s'en ira ainsi, droit devant soi, pendant que de là-haut les étoiles du bon Dieu, même les plus petites, ont l'air de cligner de l'œil en vous regardant... il me semble — je ne sais pas si vous êtes comme moi — qu'il y a là de quoi vous retourner les *sangs* d'une femme pour toute la vie. Dieu me préserve à jamais d'une aventure de ce genre ! Brr !... rien que d'y penser, cela vous fait froid dans le dos. »

Ce disant, la vieille Suzanne goûta une sauce, qui lui brûla la langue.

« Oui, oui, reprit-elle bravement, se sentant en verve et tout heureuse de discourir un peu sur son sujet favori, oui, cela vous fait froid dans le dos. Avec cela que sur la route de votre moulin il y a plusieurs endroits *hantés*. Brr !... Car il y en a, ma petite, des endroits hantés du côté de chez vous. Je pourrais vous en citer. Et des *ardents* donc ! C'est par là qu'on en voit l'hiver et même l'été, qui vont, qui viennent, qui dansent et qui courent, tantôt vous poursuivant, tantôt filant devant vous. Oh ! ces ardents, c'est terrible ! De ma personne je n'en ai jamais rencontré : je ne tiens du reste pas à faire leur connaissance, mais je sais

comment c'est fait. De corps, ça n'en a pas, vu que
ce sont des esprits. Il paraît que c'est comme une
flamme, une langue de feu. Et cela saute, et cela
voltige, de ci, de là, sans faire de bruit. On trouverait peut-être la chose drôle si l'on ne la trouvait
surtout effrayante. Et, de vrai, le fait est qu'il y a
de quoi frémir. Ça se plaît de préférence, m'a-t-on
dit, dans les endroits écartés, aux abords des cime-
tières et jusque sur les tombes; le temps des
avents de Noël est leur saison favorite; mais je
n'ai pas besoin de vous assurer que la Noël n'y est
pour rien, et tout un chacun sait bien, au contraire, — ici la vieille Suzanne se signa dévotieuse-
ment, — que cela vient plutôt du diable que du
bon Dieu, et que c'est tout au moins quelque âme
échappée du Purgatoire qui réclame ici-bas des
prières afin d'entrer en Paradis. Ah! brave sainte
Vierge, ma patronne, préservez-nous des ardents,
des revenants, des fantômes, de tout ce qui nous
fait peur! et que dans sa grande bonté le Ciel nous
fasse miséricorde!... C'est pourquoi, Madeleine,
ma petite, je comprends fort bien que vous ne

soyez point trop hardie et que vous ne teniez
point à vous en retourner toute seule à votre moulin, la nuit.

— Oh! fit modestement Madeleine, qui ne voulait point heurter de front les vieilles idées de la
servante, j'oserais peut-être encore, s'il ne s'agis-
sait que de moi. Ce n'est pas que toutes ces histoires de revenants ne m'effrayent un peu lorsque
j'y songe, mais j'y songe rarement, pour ne pas
dire jamais. Et puis, vous savez? le pays est bien
habité, maintenant que les étrangers n'y sont
plus; d'un autre côté, d'ici à notre moulin la distance est assez courte : à peine trois quarts
d'heure, une petite heure de marche. Toutes ces
raisons réunies font que je ne suis pas peureuse.
D'ailleurs, pourquoi les esprits — puisque esprits
il y a — me voudraient-ils du mal, à moi qui ne
leur ai jamais rien fait? Défunte madame Simonnet... vous avez connu madame Simonnet?... Mais
pardon, je bavarde, et nous perdons notre temps.

— Bon! bon! ne vous inquiétez pas. Et qu'est-ce
qu'elle disait, ma petite, cette brave dame Simonnet?

— C'est elle qui m'a guérie de la peur. Quand par hasard, dans les commencements, elle m'envoyait le soir chercher du bois sous le hangar, à l'autre bout de la cour, qu'on entendait le bruit du vent sifflant dans les arbres et celui de la chute d'eau sous la grande roue du moulin, que tout au dehors était bien noir, bien triste, bien lugubre, dame! non, je n'étais pas fière! Défunte madame Simonnet m'accompagnait alors jusque sur le pas de la porte, et de là, me suivant des yeux, elle me criait en riant : « Va! ne crains rien, mignonne, et si tu as peur quand même mets tes deux mains sur ta tête et dis tout bas que la bête est dessous. » Et j'allais bravement. Il m'arriva bien une fois ou deux, dans les premiers temps, de me croiser les deux mains sur la tête en murmurant : « La bête est dessous ! » mais je compris très vite que l'excellente femme n'avait voulu que se railler de mes ridicules frayeurs. Au fait, ce n'est peut-être pas le moyen de s'aguerrir contre les dangers véritables que de s'en créer d'imaginaires. La nuit me trouble, m'impressionne, mais elle ne me cause aucune de ces terreurs dont j'ai souvent entendu le récit : je regarde les étoiles comme de bonnes amies qui veulent m'éclairer le chemin, et quant aux mauvaises rencontres que je pourrais faire en route je m'en remets à Celui qui voit tout et qui sait tout du soin de me protéger. Voilà comme je suis, m'am'zelle Suzanne, et si M. Simonnet vient me chercher ce soir pour me ramener au moulin, je n'ai pas besoin de vous assurer, après cela, que c'est seulement à cause de sa volonté à lui, mon maître, qui n'aimerait pas à me savoir, comme vous dites, toute esseulée la nuit.

— Et c'est sagement pensé de sa part, » fit gravement la maîtresse-servante, pendant qu'au fond de la salle, provoqués par le nom de Simonnet, on entendait bruire dans l'ombre une salve assez frondeuse de petits ricanements moqueurs.

Se tournant alors vers le rustique bataillon des servantes et moissonneuses : « Ah ça! demanda Suzanne presque en colère, qu'est-ce que vous faites donc là, les mains ballantes, vous autres?

Est-ce que par hasard vous seriez payées pour nous écouter? »

Personne ne répondit d'abord; au bout d'une minute, pourtant, on entendit une petite voix flûtée, celle de Zabeth, qui murmurait : « Eh ben dame aussi! pourquoi parle-t-elle en notre présence d'ardents et de revenants? Il n'y a rien au monde comme ces choses-là pour vous casser les bras! Ouf! » Et la petite Zabeth, après s'être détachée du groupe et s'être avancée en pleine lumière, se rejeta vivement en arrière pour se laisser aller, avec un geste comique de frayeur, sur l'antique *maie* en bois de chêne bruni, où elle demeura inerte, comme pâmée, l'espace d'une seconde.

« C'est égal, fit-elle en rouvrant les yeux aussitôt, j'aimerais bien à faire la rencontre d'un ardent ou d'un revenant, moi, quand ce ne serait que pour voir!

— Zabeth! Zabeth! fit sentencieusement la maîtresse-servante, la curiosité te perdra.

— Bon, bon! répondit effrontément la fillette, cela m'est égal, pourvu que je perde la curiosité d'abord. Et puis, après tout, elle en a perdu bien d'autres, la curiosité, sans compter notre grand'-mère Eve. »

Ce fut, dans la troupe des servantes et moisson-neuses, un éclat de rire général, et d'autant plus franc que la petite Zabeth, pour débiter ces sortes de fariboles, se faisait beaucoup moins honnête qu'elle n'était réellement. Un joli minois, un esprit fûté, telle était Zabeth. Ajoutez à cela qu'elle vous avait des yeux ardents comme braise, et que sous sa chemise de toile bise largement échancrée bat-tait un petit cœur ardent comme ses yeux ; et vous comprendrez aisément que la jeune fille, charmante petite linotte à la cervelle légère, aimât à s'amuser ainsi qu'elle faisait.

Aussi la vieille Suzanne ne jugea-t-elle pas à propos de se montrer sévère.

« Allons, fit-elle, assez jasé ! que chacune main-tenant s'occupe de ce qui la regarde. — Et vous, meunière ma mie, puisque vous êtes venue pour m'assister, aidez-moi dans ma besogne. »

Ces derniers mots s'adressaient naturellement à

Madeleine. La jolie meunière fut d'abord chargée
du soin de dresser le couvert, ce qui, adroite
comme elle était, fut fait en un tour de main et
d'une manière charmante. Au centre de la table, les
places de M. Jacob, du docteur, du curé, des deux
frères Moutenot, de Mathurin Gaillard et du sergent se trouvaient indiquées par des sièges plus
élevés. Il y avait des serviettes pour les convives
que l'on voulait honorer. Pour ces convives également, les verres étaient plus grands, plus clairs et
plus beaux. Ce n'étaient pas de ces ustensiles dé-
licats en cristal taillé, comme on en fabrique tant
de nos jours, et dans lesquels le vin rayonne d'un
si vif et si doux éclat; mais c'étaient, pour l'époque, de très jolis objets, et Jacob Renard, qui les
avait reçus de sa mère en héritage, ne les aurait
certainement pas cédés, tout intéressé qu'il était,
pour leur pesant de gros sous. On ne s'en servait
qu'aux jours de grande cérémonie, autant dire
jamais, et Suzanne les soignait comme la prunelle
de ses yeux. Sur quelques-uns d'entre eux se trouvaient gravées des devises, des guirlandes, toutes

10

sortes de gentilles choses, et qui s'harmonisaient au mieux avec les bouquets fantastiques et les oiseaux impossibles de la faïence du temps. Quand le couvert fut mis, Madeleine courut au jardin, coupa de-ci de-là quelques fleurettes poussées au hasard parmi les légumes, y joignit quelques brins de verdure, cinq ou six tiges d'avoine, trois ou quatre épis de blé, et planta le tout dans un vase en face du couvert de M. Jacob, au milieu de la table du festin.

La vieille Suzanne, sans négliger ses fourneaux et sa cuisine, regardait, souriait, admirait.

« C'est gentil, ça, faisait-elle tout bas en approuvant du bonnet; cette petite vous a vraiment de l'idée ! »

Mais ce qui surtout la remplissait de surprise et d'admiration, c'était cette vivacité d'oiseau, cette sorte d'enjouement que la jolie meunière apportait à sa besogne. Et *friste* et *freste*, c'était fait. Un peu plus la maîtresse-servante aurait crié au miracle et se serait demandé s'il n'y avait pas un tant soit peu de magie dans cette habileté d'une jeune fille qui déclarait tout haut ne pas croire aux esprits.

Madeleine cependant, d'un coup d'œil, considérait son œuvre avant de la quitter, et d'un geste rapide la retouchait, la corrigeait, avec ce tact exquis de la précision, ce sentiment inné de la symétrie qui fait d'une ménagère entendue une véritable artiste, et qui veut, qui exige que chaque objet soit bien à sa place, pas une ligne plus près ou plus loin, mais à sa place, à sa vraie place, et non ailleurs.

L'espace d'une seconde, ce fut terminé.

« Là ! fit simplement Madeleine, voici qui est fait.

— Et très bien fait même, répondit Suzanne en tournant la tête vers la jolie meunière; mais ce n'est pas tout, Madeleine, et je veux encore mettre vos petits talents à l'épreuve. Donc, aux fourneaux, ma belle, et tâchez de nous confectionner quelques bonnes gourmandises pour le dessert. »

Alors on vit la jeune fille, les manches de sa robe retroussées jusqu'aux coudes, délayer de la pâte, battre des œufs, manier à pleine poignée la farine et le beurre frais, et tout cela d'un cœur, avec une attention et un zèle qui faisaient plaisir à contempler. Dans l'ardeur de sa tâche, quelques mouchetures de farine s'étaient accrochées à sa chevelure, à ses cils, au fin duvet de ses joues, comme pour rappeler à tout un chacun sa profession de meunière.

Or, pendant qu'elle était ainsi, toute à sa besogne, on s'occupait d'elle à l'auberge. Vous connaissez cette petite place gazonnée qui s'étend entre l'église et cinq ou six maisons posées de ci, de là, sans ordre, et dont la plus belle, avec ses pavillons carrés aux angles, sert aujourd'hui d'école aux petites filles de la commune ? C'est là, sur ce gazon, que de temps immémorial se sont toujours tenues les fêtes du village. Sur le mur nu de l'église, au-dessus d'une porte de côté, se détache une sculpture grossière, grotesque caprice d'un maçon du moyen âge, qui s'effrite et s'en va sous les efforts du temps, et dans laquelle, avec un peu d'attention, on finit par reconnaître un saint Martin à cheval donnant à un pauvre la moitié de son manteau. Rien de plus lamentable que ce paterne chevalier, sur sa monture étrange ; avec son visage de pierre ravagé par les siècles, il a l'air si piteux et si malheureux lui-même, qu'on serait volontiers disposé à lui faire l'aumône d'une figure nouvelle. Au reste, s'il se rend compte de sa triste position, il ne paraît pas autrement s'en émouvoir et demeure impassible, depuis des siècles, sur le mur nu de l'église, témoin muet de toutes les scènes vulgaires qui peuvent bien se passer sur une place de village. Le matin, à la fine pointe du jour, il voit les habitants sortir de leurs demeures : les hommes qui s'en vont travailler aux champs, un outil sur l'épaule ; les femmes qui, légères et court-vêtues, encore un peu frissonnantes, balayent le devant de leurs portes, tirent de l'eau au puits, mènent le bétail à l'abreuvoir ; les petits bambins, encore mal débarbouillés, qui s'avancent auprès de leurs mères, s'accrochent à leurs jupons en réclamant leur déjeuner, pleurent, crient, jasent et ne deviennent un peu plus graves et un peu plus propres que lorsque l'heure est arrivée pour

eux de se diriger vers l'école. Le bon vieux chevalier de pierre connaît toutes ces scènes, le train-
train de tous les jours ; il a vu défiler aussi devant
lui bien des processions religieuses et tournoyer
sur le gazon bien des rondes profanes ; il a entendu
bien des litanies sacrées et bien des couplets gri-
vois ; il a peut-être été le témoin oculaire et auri-
culaire de bien des débats galants et de bien des
querelles sérieuses dans lesquelles, en grand saint
radieux qu'il est, il ne s'est jamais décidé à prendre
parti. Mais, en écoutant cette après-midi-là le
bruit qui s'échappait par la fenêtre ouverte d'une
vieille maison située à l'angle de la place, le bon
vieux Saint-Martin, pour peu qu'il soit expert aux
choses de la vie, dut plus d'une fois sourire dans
sa barbe de pierre, dans cette barbe de pierre où
viennent se nicher quelquefois les oiseaux.

Jamais assemblée plus nombreuse n'avait ho-
noré de sa présence le cabaret du *Soleil d'or*. On
aurait pu compter, autour des tables de chêne garnies de leurs bancs luisants, jusqu'à dix-sept
personnes. Jugez si le cabaretier, Jérémie Bur-

nichon, un conseiller municipal s'il vous plaît, et sabotier de son état, rayonnait d'aise et d'orgueil en écoutant tout ce monde hâlé, fatigué, par cette chaleur caniculaire lui demander à boire. Un coup de fortune, quoi, pour le digne aubergiste! et monsieur Jacob Renard, qui se tenait auprès de la fenêtre, buvant tranquillement à une table, Jacob Renard, qu'on n'avait jamais vu se livrer à semblable débauche, était décidément un bien excellent homme!

Or, de tous ceux qui se trouvaient réunis à l'auberge, vidant bouteilles, aucun ne connaissait la présence à la ferme de la gentille meunière. La jeune fille, coupant au plus court, avait pris par les champs au lieu de traverser le village. Cependant je ne sais comment il se fit que, de fil en aiguille, plusieurs des moissonneurs s'étaient mis à parler de la jolie Madeleine et de son vilain maître Célestin Simonnet. Je ne sais non plus comment il se fit que le sergent, qui jusqu'alors n'avait rien dit, se trouva tout à coup offensé du rapprochement de ces deux noms, accouplés en quelque sorte avec une intention blessante. Toujours est-il que, déposant bruyamment son verre sur la table, il se leva tout d'un coup, la mine courroucée, et que, s'adressant aux bavards, il leur demanda sèchement par quelle singularité d'esprit ils pouvaient éprouver du plaisir à dire ainsi du mal des gens. Ce à quoi l'un des bavards, qui n'était autre que le grand Guillaume, de son vrai nom Guillaume Girardin, et l'homme aux bons yeux dont il a déjà été question, se levant de sa place à son tour, frappa du poing sur la table et demanda d'une façon narquoise par quelle singularité d'esprit un homme qui n'était pas du pays, qu'on ne connaissait ni d'Eve ni d'Adam et qui n'avait nulle autorité pour cela, se permettait de faire la leçon à des citoyens raisonnables, qui savaient fort bien ce qu'ils disaient et n'avaient à rendre compte à quiconque de leurs paroles ou de leurs actions. Le grand Guillaume avait déjà bu deux ou trois verres de vin de plus qu'il n'aurait fallu, ce qui explique la vivacité de sa réponse et l'air insolent avec lequel il la fit. Bonhommet alors, d'un ton calme, répliqua que rien n'était plus lâche, à son avis, que de calommier les faibles et les absents, qu'il y avait un proverbe qui dit qu'un coup de langue est pire qu'un coup de lance, et qu'un autre proverbe affirme qu'on n'est sali que par la boue. A ce dernier mot, on vit Guillaume Girardin lever la main sur le sergent, et deux ou trois moissonneurs voulurent s'interposer. Mais, sans prendre garde au geste du charretier, Bonhommet continua :

« Quant à moi, dit-il, s'il est bien vrai que je ne suis pas du pays et que je n'ai point qualité pour vous faire la leçon, il est également certain que je puis user du droit que possède tout honnête homme de s'indigner d'une mauvaise action. Car c'est une vilaine action que de médire ou calomnier. Or je vous dis ceci : Voici déjà quelques mois que je suis parmi vous. J'ai remarqué que tous, pour la plupart, vous êtes de braves et honnêtes gens. Mais vous avez parfois — excusez ma franchise — des langues qui ne sont, elles, ni braves ni honnêtes, et je crois, en vérité, que, si vous employiez à des choses plus utiles le temps

que vous dépensez à dire du mal de votre prochain, vous seriez tous, tant que vous êtes, beaucoup plus instruits et beaucoup plus heureux. Je
ne sais ce qu'il y a de vrai dans les suppositions
que je vous entends faire à l'endroit de cette jeune
fille et de son maître ; je ne connais point le
Simonnet, et il se peut évidemment qu'il ne soit pas
de bonnes mœurs ; mais quant à la jeune fille,
l'ayant rencontrée une ou deux fois, je l'ai vue
assez pour la juger, et je m'étonnerais fort qu'elle
fût ce que vous dites. Pour jolie, elle l'est ; avec sa
mine penchée et ses beaux yeux, elle n'a point l'air
sotte, et je m'imagine que dans votre vallée on n'en
trouverait pas treize comme elle à la douzaine.
Donc, suivant qu'on est homme ou femme, on peut
la désirer ou la jalouser ; et c'est si bon, n'est-ce
pas ? de jeter la pierre à qui vous rebute et de dé-
nigrer qui l'on jalouse ! Voilà ce que je pense. J'ai
voyagé, voyez-vous, j'ai vu le monde, et dans le
civil comme dans le militaire j'ai fait mes observations. Entre deux batailles un troupier trouve
parfois le temps de regarder autour de soi et de

réfléchir en soi-même. Aussi je crois qu'en certaines circonstances on en veut surtout aux gens des qualités qu'ils ont et des défauts qu'ils n'ont pas. Ce ne sont pas les murailles déjà souillées que l'on insulte, mais bien de préférence les murailles blanches que l'on salit. Aussi laissez-moi vous répéter, mes amis, que c'est toujours faire une lâche et sotte besogne que de parler mal des gens, et rappelez-vous ces mots que j'ai retenus de l'Evangile : « Ne jugez point les autres, si vous ne voulez point être jugés. »

— Un sermon, quoi ! s'exclama d'un air effronté le grand Guillaume. Je demande qu'on mette une soutane à monsieur le sergent ! »

Et tous les spectateurs s'étaient mis à rire de bon cœur lorsque l'on vit tout à coup la main de Bonhommet s'abattre sur le collet de son adversaire. On s'attendait à une lutte : il n'en fut rien. Avant même que le grand Guillaume eût songé à se défendre, il était enlevé de sa place par le sergent, qui le faisait passer tranquillement par la fenêtre et le déposait délicatement dans la rue. Le tout aux applaudissements des buveurs et de quelques passants qui, s'étant arrêtés au bruit de la dispute, attendaient patiemment la fin de l'aventure, mais sans toutefois s'attendre à pareil dénouement. Au premier rang des rieurs de la rue se trouvait le docteur Marius Claudet. « Bravo ! bravo ! » fit-il, et de la main il salua le sergent, pendant que celui-ci, d'un air calme, refermait la croisée.

Qui est-ce qui demeura sot ? ce fut le grand Guillaume.

L'étonnement, la secousse l'avaient dégrisé. Ce n'était d'ailleurs pas un méchant garçon que Guillaume Girardin ; c'était même au plus haut point ce que l'on est convenu d'appeler un bon enfant. Seulement il était encore jeune, et c'était son travers, quand il avait un peu bu, d'aimer plus que de raison à taquiner les gens.

« Quelle belle poigne, tout de même ! » mumurait-il d'un air confus.

Puis, se remémorant le motif de la querelle : « Eh bien, il a raison, après tout, le sergent ! Je vous demande un peu pourquoi je m'en vais chanter misère à propos de cette petite. S'il a du goût pour elle, c'est son affaire, à cet homme. C'est égal, il m'a joliment fait passer par la fenêtre; et pour une jolie poigne, oui, c'est une jolie poigne que celle du sergent ! »

Remontant alors, d'un pas délibéré, les trois marches boiteuses qui conduisaient chez Jérémie Burnichon, le charretier Grand-Guillaume, ayant achevé son monologue, rentra dans la salle de l'auberge, et là, le front haut, la mine riante, se dirigea, la main ouverte, vers le sergent. « Sans rancune, l'ami, lui dit Bonhommet. — Aucune, » répondit le grand Guillaume. Et par la suite des temps, en effet, ces deux hommes, qui venaient de se quereller si fort au grand amusement de la galerie, demeurèrent toujours les meilleurs amis du monde.

XI

Le soir commençait à tomber, et déjà les lampes s'allumaient dans la grande salle de la ferme, lorsque Jacob Renard et Bonhommet y entrèrent, précédés du docteur, qu'ils avaient trouvé faisant les cent pas dans la cour.

« Vous nous attendiez, docteur? demanda le fermier d'un ton de joyeuse humeur.

— Oh! sans trop d'impatience, répondit le médecin. Je suis arrivé depuis une demi-heure à peine, et vous savez que j'ai la manie d'aimer à rôder autour des cuisinières... oh! par amour de la cuisine tout simplement. Bien qu'aujourd'hui pourtant vous ayez une cuisinière!.. Je ne vous

dis que ça. Nous aurons un festin superbe! Mais
je me suis aperçu bien vite que j'étais importun,
et votre maîtresse-servante, mademoiselle Suzanne, qui n'est pas toujours mule très commode à ferrer, ne m'a nullement caché qu'elle me
trouvait gênant, ajoutant crânement — ma foi,
en vieille Gauloise qu'elle est — qu'elle ne se
souciait pas de rencontrer ainsi, à tout bout de
champ, des hommes dans ses jambes.

— Tiens, tiens, cette Suzanne! fit M. Jacob.

— C'est comme cela, fermier. Aussi ai-je pré-
féré ne pas m'obstiner, et, prenant vivement la
porte, je suis redescendu sur le pavé de la cour, où
je m'amusais, en vous attendant, à compter vos
pigeons. Dénombrement difficile, si jamais il en
fût, car ces gentilles petites bêtes-là ne peuvent
tenir en place, toujours se becquetant et voletant
sur les toits. Enfin je pense avoir tout de même
réussi : vous en avez cent quinze, sans compter
les pigeonneaux et les couveuses restés au colombier. Mais tenez, fermier, voici cette Suzanne
qui met si bien les gens à la porte de chez vous.

— Bonjour, méchante!... — Et voici la gentille cuisinière dont je vous avais parlé. »

Madeleine, toute troublée, s'était tournée vers les nouveaux arrivants, et silencieusement, d'un simple mouvement de tête, les avait salués. En ce moment, M. Montrobert, le vénérable curé de la paroisse, venait d'apparaître sur le perron. Après un échange de politesses, l'amphitryon et ses invités allèrent s'asseoir auprès de la fenêtre, en attendant l'arrivée des autres convives. Au loin, la lune encore pâle montait silencieusement dans le bleu profond du ciel, argentant vaguement le sommet de la colline où semblait flotter encore, teintant d'un rose doré la sombre verdure des bois, la dernière lueur du soleil disparu.

« La belle soirée! fit tout à coup le vieux curé, et qu'on est bien ici à respirer cet air embaumé qui nous arrive des champs!

— Oui, fit à son tour le docteur, il y a dans cette atmosphère je ne sais quel parfum de récolte nouvelle. »

Puis le silence se fit de nouveau. Madeleine

11

venait de quitter ses fourneaux, et, poussée en quelque sorte par la vieille Suzanne, s'approchait de la fenêtre. Il semblait que chacune des personnes qui étaient là, humant la fraîcheur, s'attendît à quelque épisode intéressant avant le festin du soir.

Madeleine avançait comme à regret. Mais la vieille Suzanne était là qui s'impatientait et piétinait derrière elle. Enfin la jeune fille arriva près de la fenêtre et se vit en face d'un demi-cercle de visages paisibles et souriants qui se tournaient vers elle avec curiosité.

On voyait bien qu'elle aurait voulu parler. Elle n'était plus fière comme autrefois à cette même place, la jolie Madeleine ; elle baissait le front, et toute rouge, toute confuse, chiffonnait un coin de son tablier entre ses doigts. Jacob Renard la regardait et paraissait s'amuser beaucoup de son embarras. Le sergent, lui, se sentait à la fois heureux de la rencontrer et tout peiné de la voir si gênée et si timide. Le docteur, qui semblait deviner ce que voulait Madeleine, poussait des

hum! hum! d'encouragement; mais, sentant peser
sur elle le sourire du fermier, la jeune fille n'osait
ni relever la tête ni prendre la parole. Heureusement, Suzanne s'aperçut de cette scène muette,
et, poussant hardiment sa pointe, vint se poser
à côté de la jeune fille. « Voilà tout bonnement
ce que c'est, messieurs, fit la vieille Suzanne ;
notre jolie meunière voulait, en votre présence,
remercier monsieur Bonhommet de ce qu'il a fait
pour elle. »

Bonhommet ouvrit les yeux tout grands.

« Oui, oui, faites l'étonné, monsieur le sergent ;
on sait comment vous vous êtes conduit tout à
l'heure au cabaret de Burnichon.

— Ah çà, qui vous a conté ?

— Eh ! le docteur, donc, qui se trouvait dans
la rue quand l'aventure est arrivée et qui nous a
fait part de la chose un instant après, lorsqu'il
s'en est venu traîner ses guêtres autour de la cuisine.

— Ah çà ! mais, dites donc, ma bonne femme,
fit M. Marius, il me semble que vous pour-

riez bien employer des expressions plus conve-
nables.

— Pardon, monsieur le docteur, j'avais oublié
votre présence. Mais enfin ce qui est dit est dit.
C'est lorsque vous êtes venu traîner vos guêtres
autour de nos fourneaux que vous nous avez
appris la chose.

— Eh! bon, bon, il suffit. Ne vous répétez pas.

— Et c'est de cela, dit alors Madeleine, c'est
de cela, monsieur Bonhommet, que je voulais
vous remercier, devant toute la compagnie,
comme d'une bonne action.

— En vérité, mais... Mon Dieu, mademoiselle!..

— C'est que, quoi qu'on en puisse dire, c'est
une grande consolation pour moi que de penser
que vous avez pris publiquement ma défense et
que je possède au moins de par le monde l'estime
d'un honnête homme. »

Trop ému pour répondre, Bonhommet fit simplement une inclination de la tête en signe d'approbation. Le docteur continuait de tousser d'un
air d'encouragement. Le fermier, lui, continuait de

sourire d'un air rancunier, et, quant au vieux prêtre, il gardait un silence embarrassé. Si bien que
cette explication menaçait de tourner à la confusion de la jeune fille, lorsque, s'armant d'un grand
courage, celle-ci releva fièrement la tête et, regardant l'un après l'autre ses divers auditeurs, reprit
la parole en ces termes : « Oui, c'est une grande
consolation pour moi que cette estime d'un honnête homme. Écoutez-moi, messieurs. Puisque
j'ai commencé de parler, laissez-moi continuer.
Je ne vous en dirai pas long; mais ce que je vous
dirai sera la vérité. Il y a bien assez longtemps que
je souffre sans me plaindre : permettez-moi de me
justifier. Ne me dites pas que l'explication est
inutile : faites-moi la charité de m'entendre. Vous
voici quatre là qui pourrez me comprendre : c'est
pour vous seuls que je veux parler. Que les autres
continuent de penser et de dire du mal de moi,
j'en souffrirai sans doute; mais c'est surtout à votre
estime que je tiens. Quand la sainte femme qui
m'avait recueillie et élevée mourut, elle me dit :
« Madeleine, ma fille, — car elle m'appelait ainsi;

et moi je lui disais : ma mère, — Madeleine, ma fille, je t'ai toujours bien aimée; pour toi j'ai fait ce que j'ai pu; lorsque je n'y serai plus, fais à ton tour ce que tu pourras pour mon mari. Forte et courageuse comme je te vois, tu sauras, si tu le veux, diriger son ménage et veiller sur ses intérêts. Il a de l'affection pour toi : use de ton influence sur lui pour réprimer, s'il se peut, ses écarts de conduite et son penchant à l'oisiveté. Grâce à mes leçons, tu sais lire, écrire et compter, chose encore rare dans nos pays : emploie cette science au profit de ton maître; tiens ses écritures, mets toute chose en règle; sois active, économe, et pense quelquefois à celle qui te regrettera là-haut. » Voilà, messieurs, ce que me dit à son lit de mort la digne femme qui m'avait recueillie et traitée comme sa fille; il y a quatre ans de cela, et ce qu'elle m'avait ordonné de faire je l'ai fait docilement, constamment, aussi bien que j'ai pu. Je ne me doutais pas d'abord que j'en serais récompensée par les mépris du monde, mais enfin c'est ainsi, et j'y suis résignée. Je n'ai à me repentir de rien; mais tenir tête à tous, faire taire les jaloux, les envieux, c'est pour moi trop rude tâche, et je ne saurais y penser : je garde donc le silence, heureuse de témoigner ma reconnaissance à la sainte femme qui m'a servi de mère par le perpétuel supplice de la mauvaise opinion du monde. Mais lorsque, au lieu de se mêler à ceux qui doutent de moi ou qui s'en raillent, un homme à qui j'ai déjà des obligations par ailleurs prend ouvertement ma défense et ne craint pas de se porter garant de mon honnêteté, j'ai le droit, surprise et confuse que je suis de la bonne opinion qu'il a de moi, de lui crier : « Merci, merci du fond du cœur! » et c'est pour cela, messieurs, c'est pour cela seulement que j'ai voulu parler. »

Plusieurs fois pendant le discours de Madeleine, le docteur avait poussé le fermier du coude comme pour lui dire d'un air d'admiration : « Hein! comme elle jase! hein! comme elle jase! » Mais M. Jacob ne paraissait pas disposé à se laisser convaincre. La vieille Suzanne, elle, ne songeait à dissimuler ni son émotion ni sa joie. « Eh! là, là! mon Dieu! »

faisait-elle en joignant les mains avec componc-
tion. Plus mesuré, le sergent ne disait rien ; sans
doute il en pensait davantage, car tout simplement
et tout bêtement il avait la larme à l'œil. Quant au
curé, il écoutait avec attention, recueillant comme
pour le peser en sa conscience le moindre bout
de phrase de la jeune fille. Aussi, lorsque la jolie
meunière eut terminé, prit-il la parole à son tour,
et d'un ton où le double caractère du prêtre et du
vieillard semblait s'affirmer : « C'est bien, Madeleine, fit-il, et vous m'avez en effet tout l'air d'une
brave et honnête fille. Le sergent avait droit à vos
remerciements, et vous avez bien fait de les lui
adresser devant nous. Mais où donc avez-vous
appris, mon enfant, à vous exprimer ainsi ? Votre
petit discours, franchement, m'a tout remué. »

Madeleine, vraiment honteuse d'un semblable
compliment, inclina le front sans répondre.

« Hé, fit M. Jacob Renard, il ne faut plus s'éton-
ner, curé, de la *facilité* de mademoiselle. Ne vient-
elle pas de vous le dire elle-même ? c'est à sa mère
adoptive qu'elle doit tout ce qu'elle sait. Or ne

savez-vous pas, comme tout le monde, que feu la Simonnette était une protestante du village de Doucy, une de ces pimbêches raisonneuses et timorées auxquelles on apprend à lire dans la Bible ?...

— Ah ! ah ! fit le curé, une huguenote... Mais, continua-t-il en se reprenant, il importe assez peu, d'ailleurs, dans le cas présent ; et je dois me borner à constater que cette huguenote-là — si c'était une huguenote — a fait de Madeleine une honnête fille... Pas d'impatience, monsieur Jacob ; soyez tranquille, nous n'oublierons pas que le festin nous attend. Je voulais seulement vous faire remarquer la sagesse du sergent, et vous montrer par cet exemple que les jugements du monde portent souvent à faux. A table maintenant, et Dieu nous garde, amis, des jugements téméraires ! »

Là-dessus, les invités prirent place pour le festin. Justement les deux frères Moutenot et l'adjoint Mathurin Gaillard venaient de faire leur entrée dans la salle, suivis des ouvriers et domestiques, qui n'avaient attendu que l'arrivée des derniers convives pour se présenter à leur tour. Il y eut encore un échange de politesses et un moment de brouhaha, puis, les soupières ayant été découvertes, une buée chaude et savoureuse s'en échappa, se répandant dans toute l'étendue de la pièce; et l'on se mit à manger.

Le repas fut très gai. Bonhommet seul ne mangeait guère et parlait moins encore. Il songeait à son départ, peut-être aussi à la jolie meunière, et cela le rendait tout triste. Quand on fut au dessert, le docteur Marius, sans rancune contre la vieille Suzanne, proposa de boire à la santé des cuisinières. Et chacun de vider son verre joyeusement. On but ensuite à M. Jacob, au docteur, à M. le curé, voire même à M. le maire et à M. l'adjoint, qui ne tardèrent pas à se retirer en compagnie du second des Moutenot. Mais la santé qui fut la plus fêtée, ce fut celle du sergent. La voix flûtée de la petite Zabeth dominait toutes les autres. En entendant prononcer son nom, Bonhommet salua de la tête en signe de remerciement. Puis, élevant son verre, il allait le porter à ses lèvres lorsqu'il s'aperçut qu'il y avait dessus quelque chose de gravé. Entre deux branches de laurier dessinées tant bien que mal, un mot était écrit : *Amitié*. Bonhommet lut ce mot, vida d'un trait son verre et, dans le même moment, eut la joie de saisir un rapide regard de la jolie meunière à son adresse. Honteuse d'avoir été prise en flagrant délit, la jeune fille rougit. Bonhommet, lui, se sentit devenir tout pâle, et il sourit pour cacher son émotion.

Cependant l'heure était arrivée des vieux noëls et des chansons. Un moissonneur, à la face brûlée, aux poings robustes, venait d'entonner un de ces airs mélancoliques qui semblent moins faits pour réjouir les esprits dispos que pour endormir les enfants malades. Le rhythme lent et monotone de la chanson se déroulait de couplet en couplet avec des inflexions de voix et des modulations traînantes. On eût cru, par instants, que le chanteur allait se pâmer sur un point d'orgue. Quant au sujet du noël, c'était une de ces histoires banales de chasseur et de bergère que ne relevait aucune saveur : ni la grâce de la forme, ni le charme du fond. Cela traînait dans la mémoire des gens du pays depuis plusieurs générations. Ce qui prouve bien qu'il n'y a pas que les bonnes choses qui durent. On écoutait pourtant, et scrupuleusement, n'ayant rien de mieux à faire. Mais, lorsqu'enfin s'éteignit sous les poutres brunes du plafond la dernière note — et quelle note ! — du couplet final, chacun des convives à part soi se sentit plus à l'aise, et, pendant que le chanteur s'essuyait le front d'un revers de main, d'un bout à l'autre de la table les applaudissements éclatèrent. Il n'y avait pas à dire, c'était *envoyé !*

Seule entre tous les convives, la petite Zabeth, qui frétillait d'impatience sur sa chaise, eut le courage de son opinion et, se penchant vers ses voisins de table, leur dit en clignant des yeux : « C'est très bien de chanter ; mais dites donc, les amis, si l'on dansait maintenant ? » Et toute sa petite personne, pendant qu'elle faisait cette proposition à ses camarades, avait des frémissements d'oiseau qui s'ennuie sur la branche et bat l'air de ses ailes avant de s'envoler.

« C'est cela, l'idée est bonne ! s'exclamèrent en

chœur domestiques et servantes. Il fait un beau clair de lune au dehors. Nous danserons dans l'enclos ; ce bon père Maurice nous jouera de la *chalmille*.

— Eh bien, allez danser, mes enfants, puisque le cœur vous en dit, » fit paternellement le curé.

Mais on s'aperçut alors que le père Maurice n'était déjà plus là. Ce bon vieux avait le vin tendre. Quand il avait un peu bu, — ce qui ne lui arrivait que trop fréquemment, — il aimait, il aimait jusqu'à en perdre ce qui lui restait de sens commun, toutes les belles choses de la nature, hormis les femmes, toutefois, dont il paraissait avoir eu beaucoup à se plaindre en son jeune temps. On le voyait alors s'en aller par les chemins, à travers champs, humant la brise, agitant de grands bras, et, solennel et digne, se redressant pour faire, avec passion, le nez en l'air, des déclarations aux étoiles.

La petite Zabeth fut toute déconcertée.

« Il nous faudrait pourtant un musicien, s'écriait-elle.

— Bah ! j'ai de bons poumons, je vous chanterai des airs de danse, proposa le grand Guillaume.

— Ça ne vaudra toujours pas la musique ! » répondait Zabeth d'une voix toute déconfite et toute désolée.

Heureusement, parmi les moissonneurs, il s'en trouvait un tout jeune, un peu timide, un garçon de quinze ans, natif de Verdelot, qui savait écorcher tant bien que mal quelques airs de contredanse sur son flageolet de buis. Avant de partir en moisson, il avait eu soin de ne pas oublier son instrument, se promettant de charmer ses loisirs en faisant entendre à ses compagnons de travail un peu de sa musique. Mais, une fois embauché chez M. Jacob, se trouvant au milieu de figures nouvelles et quelque peu dépaysé, le jeune garçon avait craint les railleries de ses nouveaux camarades, et, pour ne pas succomber à la tentation de se servir de son flageolet, il l'avait serré mystérieusement au fond de son bissac. Enhardi par les fumées du banquet, le jeune moissonneur fit cet aveu en tournant ses pouces et tout en rougissant.

Zabeth le regardait, et, n'eût été qu'elle le trouvait un peu bien niais d'avoir si longtemps caché ses talents de musicien, je crois, Dieu me pardonne, qu'elle l'aurait embrassé! Elle se contenta de frapper des mains pour témoigner sa joie, et, s'élançant brusquement vers la porte, s'en alla dans l'enclos, où tous ses camarades, moissonneurs et servantes, s'empressèrent de la rejoindre.

Il ne resta dans la grande salle de la ferme que le curé, le docteur, M. Jacob et le sergent, encore attablés vis-à-vis l'un de l'autre, et la cuisinière avec son aide, qui s'occupaient de desservir. Le fermier alors, d'un air digne, fit apporter une bouteille de son vin de la comète, un vin qui lui venait des coteaux de la Marne et qui datait de 1811.

« Maintenant, sergent, fit-il en s'adressant à Bonhommet, si vous n'y voyez pas le moindre inconvénient, pourrait-on bien savoir pourquoi vous allez nous quitter?

— Mon Dieu, fit Bonhommet, c'est une histoire toute simple et qui ne me demandera pas grand temps à vous raconter. Vous vous souvenez, n'est-

ce pas, de mon voyage à Bezalles? En m'en allant
par là, juste au moment où je traversais le ruisseau de l'Aubetin, à l'entrée du bourg de Beton-
Bazoches, j'ai rencontré par hasard un ancien camarade à moi, qui m'a dit son projet de s'établir
fermier après la moisson. Le brave garçon venait
de se marier et devait reprendre sa culture à la
Saint-Martin. Seulement, il y a les semailles d'automne qu'il va lui falloir faire, et, dame, il se trouvait embarrassé. Ce n'est pas un méchant garçon;
mais, avant de partir pour l'armée, il était simple
tisserand de son métier; c'était même parmi les
jeunes gens de son village, qui est Saint-Denis-lès-
Rebais, — et vous savez que les tisserands de
Saint-Denis sont réputés entre tous à dix lieues à la
ronde, — un de ceux qui promettaient de devenir
le plus adroits et le plus habiles. Mais voilà qu'un
jour, en reportant une pièce de toile à un cultiva-
teur du Bois-Saint-Père, un petit endroit des environs de Beton-Bazoches, notre jeune homme fit la
connaissance de la jeuné fille de la maison; et il
est à croire qu'ils n'avaient pas gardé mauvais sou-

venir l'un de l'autre, puisque, sitôt de retour dans ses foyers, il s'est empressé de retourner la voir et qu'elle n'a pas refusé de l'épouser. Maintenant les parents sont vieux et parlent de se retirer tout de suite. Leur culture est en mauvais état ; il leur faudrait dépenser beaucoup d'argent — sans compter l'intelligence — pour la remettre en bon allage. Ils aiment donc mieux se reposer de ce soin sur leur gendre, qui, du reste, ne demande rien tant que de devenir le maître. La difficulté, c'est que le brave garçon, ayant passé sa jeunesse à tisser de la toile, ne connaît goutte à la culture et s'entend au labour comme un âne aux étoiles. C'est pourquoi, me voyant passer à côté de lui, il a pensé à moi.

— Bien aimable à lui, en vérité ! s'exclama le fermier. Mais voyons, mon brave, continua-t-il, vous vous mêlez donc aussi de labourer ? vous savez donc tout faire ?

— Eh ! mon Dieu, monsieur Jacob, je vous l'ai déjà dit, je sais faire tout ce qui dépend d'un paysan qui aime la terre et qui s'est appliqué de

12

bonne heure à en tirer parti; mais, pour le labourage, je vous confesse bien volontiers que ce n'est pas là mon fort, et je crois même que, s'il m'arrivait jamais de tracer pour vous un sillon, vous me renverriez vite, bien vite à mes moutons.

— Ou bien à votre faux, dont vous vous servez si bien. »

Bonhommet se contenta de sourire modestement.

« Et alors, reprit le fermier, alors c'est bien fini? Vous partez demain !

— Je pars demain.

— Et comment le nommez-vous, s'il vous plaît, ce tisserand de malheur qui vous enlève à nous?

— Ma foi, je ne sais au juste. Le hameau du Bois-Saint-Père n'est pas un endroit si grand; je trouverai toujours bien.

— Cependant il a un nom, cet homme?

— Tout ce que je sais de lui, outre ce que je viens de vous dire, c'est qu'au régiment, où il faisait partie de la troisième du second, nous l'appelions Cadet Borniche.

— Ce n'est pas un nom de chrétien que votre Cadet Borniche. Mais enfin, pour réclamer ainsi vos services, je présume qu'il vous a, du moins, parlé de payement?

— Nullement, monsieur Jacob. Je suppose qu'il m'indemnisera. Nous nous arrangerons toujours bien. Un ancien camarade à qui j'ai sauvé la vie! Et vous savez qu'on se doit à ceux que l'on a obligés. »

Le curé regarda fixement le sergent, aussi fixement que pouvait le lui permettre une larme perlant au coin de son œil.

« Ah! ah! une histoire? contez-nous cela, fit-il; et d'abord, pour commencer, comment avez-vous fait connaissance avec Cadet Borniche?

— Oh! répondit le sergent, nous étions presque du même pays. Et puis nous nous trouvions dans le même régiment. Nous aurions toujours fini par nous rapprocher. Enfin voici de quelle façon nous nous sommes connus. Un jour, je m'aperçus que j'avais perdu ma montre; vous savez? un de ces gros oignons d'argent du temps passé. Elle me venait de mon père, et j'y tenais beaucoup. Tous ceux de la compagnie la connaissaient et me demandaient l'heure. Car dans nos régiments les montres sont encore rares. J'avertis mes camarades, en secret, de la perte de la mienne. Recherches faites, on retrouva l'objet dans le sac de Cadet Borniche. Le pauvre garçon me témoigna ses regrets. Il pleura, supplia, car le cas était grave. Bref, le voyant si désolé, je lui promis le silence, et j'obtins de mes camarades qu'on n'ébruiterait pas l'aventure; mais, voulant le punir comme il le méritait...

— Vous le condamnâtes à vous payer une forte amende? demanda le fermier.

— Vous le fîtes passer à la couverture? interrogea le docteur.

— Sans doute vous lui fîtes entendre quelques paroles bien senties sur l'observation du dixième commandement! fit à son tour le curé.

— Non, rien de tout cela, répondit Bonhommet. Je fus, à mon avis, beaucoup plus rigoureux; je lui laissai la montre. »

Une triple exclamation de surprise interrompit

le sergent. Jacob Renard poussa même l'irrévérence jusqu'à se demander tout bas si Jérôme Bonhommet n'était pas un peu bien niais.

« Je lui laissai la montre, mais à la condition qu'il la conserverait précieusement et que de temps à autre il me la ferait voir pour me prouver qu'il ne s'en était point dessaisi. Vous comprenez le châtiment? Chaque fois qu'il regardait l'heure à son oignon, sa conscience révoltée lui rappelait sa faute. »

Jacob Renard eut un sourire de doute.

« Oui, je vois cela d'ici, grommela-t-il de façon à n'être point entendu, les pointes des deux aiguilles devaient le piquer au cœur.

— Vous conviendrez, continua naïvement le sergent, que la punition était assez cruelle. Aussi m'en voulais-je un peu, par moments, de m'être montré si rigoureux, et ma foi, un jour que je trouvai l'occasion de rendre service à Cadet Borniche, je me donnai bien de garde de la laisser échapper. C'était à Leipzick. Le brave garçon, déjà blessé, se débattait contre quatre Prussiens qui n'avaient pas l'air tendre et qui le serraient de

près. « A moi! » s'écriait-il en jouant de la baïon-
nette. J'accourus à son appel. Il reprit courage. En
deux temps et deux mouvements, la lutte fut terminée : trois des Prussiens étaient couchés à terre,
le quatrième disparaissait au coin d'une rue; et
Cadet Borniche était délivré. Le soir, après la
bataille, il me sauta au cou, disant qu'il avait vu la
mort de près, mais qu'il se souviendrait toujours
que je l'avais sauvé.

— Et c'est pour cela qu'il vous demande un
nouveau service?

— Eh! sans doute, répondit Bonhommet. A qui
voulez-vous donc que ce garçon s'adresse, si ce
n'est à celui qui s'est dévoué pour lui? Quant à
moi, je l'avoue, je serai bien heureux si je puis le
servir en cette nouvelle circonstance, et je lui sais
beaucoup de gré d'avoir pensé à moi pour le tirer
d'embarras. Cela prouve qu'il ne m'en veut plus de
l'histoire de la montre. »

Il y eut un silence.

« Que dites-vous de cela, fermier? » fit le docteur.

M. Jacob, pour toute réponse, se frappa le front du doigt à plusieurs reprises.

Le curé, lui, regardait Bonhommet de ses grands yeux attendris, et, peut-être excité par le vin de la comète, ne se possédait plus de joie et d'enthousiasme.

« O Bonhommet, le bien nommé! murmurait-il en lui-même. — Tenez, sergent, si je ne me retenais, s'exclama-t-il tout à coup, je crois bien que je vous embrasserais!

— — Là, là, curé, calmez-vous! » fit tranquillement le docteur en lui versant à boire.

Nos quatre amis demeurèrent encore un moment à table, devisant de choses et d'autres. Dans les intervalles de la conversation, les rires et les cris joyeux des danseurs arrivaient par bouffées, mêlés au son du flageolet, jusque dans la maison. Tant et si bien qu'à la fin, monsieur le curé, se levant de table, dit joyeusement au fermier :

« Hé! qu'en pensez-vous, monsieur Jacob, si nous allions un peu voir sauter toute cette vaillante jeunesse, histoire de nous dégourdir les jambes et de respirer le frais ?

— Très volontiers, curé. Aussi bien je me sens la tête un peu lourde.

— C'est comme moi, fit le docteur. Ce diable de vin de la comète, quand on en abuse, vous fait l'effet d'un coup de soleil. »

Le sergent, lui, ne dit rien du tout. Il était retombé dans sa rêverie.

« Venez-vous, Bonhommet ? » demanda le fermier. Et regardant d'un air quelque peu narquois vers le fond de la salle, où se tenaient la vieille servante et son aide : « N'entendez-vous pas la musique qui vous appelle ? Je suis sûr que toutes nos moissonneuses deviendraient folles si vous les invitiez à danser. »

Mais il était facile de voir que Bonhommet n'avait pas le cœur à la danse. Sans répondre, il se leva de table et suivit ses trois compagnons. En gens raisonnables, ceux-ci s'étaient mis à parler gravement de la beauté de la récolte et du cours des grains. Ils allaient, pas à pas, le long des bâtiments, s'arrêtant de temps à autre pour discuter

quand ils n'étaient pas d'accord. Arrivés au bout
de la cour, où se trouvait une barrière à claire-
voie ouvrant sur les enclos, ils retournèrent sur
leurs pas. Le docteur avait tiré du fond de sa poche
une bonne grosse pipe de terre qu'il avait bourrée
en silence et qu'il fumait religieusement. Bonhommet, lui, demeura tranquillement auprès de la
barrière. A quelques pas devant lui, sur l'herbe
courte et drue, la belle jeunesse s'amusait. Le
sergent ne songea même pas à pénétrer dans
l'enclos. Il se tenait debout, au pied d'un vieux
noyer au feuillage sombre, mutilé par les ans. La
tête tournée vers l'enclos, il regardait, peut-être
sans les voir, danser et tournoyer, sous les blanches clartés de la lune, ces groupes animés de
moissonneurs et de moissonneuses, auxquels il
n'avait pas eu, même un instant, l'idée de se
mêler. Peut-être songeait-il à quelqu'un ; mais il
était assurément fort éloigné de supposer que
quelqu'un en ce moment pouvait songer à lui. On
y songeait pourtant. Du haut du vieux perron où
elle était venue un moment prendre l'air, Made-

leine l'avait aperçu et se dirigeait vers lui. Doucement, à pas lents, elle s'approcha de la barrière et
vint s'y accouder, comme faisait Bonhommet. Ils
étaient à trois pas l'un de l'autre, et pourtant le
sergent n'avait rien entendu. Il continuait de regarder, sans rien voir, du côté de la danse. A peu
de distance de là, le groupe des gens raisonnables,
renforcé du meunier Simonnet, qui venait d'arriver,
continuait de discourir sur la beauté de la récolte
et la cherté des grains. Simonnet avait même engagé une querelle avec le docteur et le curé, qui
ne l'aimaient pas beaucoup ni l'un ni l'autre et que,
par un assez juste retour, il ne pouvait souffrir.
Encouragée par ce voisinage, qui semblait excuser
la hardiesse de sa démarche, la jeune fille se rap-
procha du sergent. Celui-ci tourna la tête, pendant
que Madeleine baissait la sienne et se tenait immobile. Quand elle put croire, au bout d'un instant,
qu'il avait cessé de la regarder, elle releva légèrement le front ; mais Bonhommet était toujours
tourné de son côté, et leurs regards se rencontrèrent. Ils demeurèrent ainsi, muets et embarrassés,

pendant quelques instants. Un clair rayon de lune, passant entre les branches, les enveloppait tous deux de sa lumière blanche. Personne cependant ne parut remarquer leur présence sous le vieux noyer. Ils faisaient si peu de bruit! Enfin, car il y a fin à tout, ils se rapprochèrent encore d'un pas, et ils se parlèrent. Ce ne fut pas Bonhommet qui commença. Justement le groupe des gens raisonnables venait de s'éloigner.

« C'est donc vrai, monsieur Bonhommet, que vous vous en allez demain? fit doucement la jeune fille.

— Hé oui! répondit-il en soupirant tout bas, j'ai donné ma parole.

— Et l'on ne vous reverra probablement plus ici? plus jamais, plus jamais?

— Qui sait, mademoiselle? dit-il; je reviendrai peut-être. J'aime beaucoup ce pays, j'ai même parfois rêvé de m'y établir : j'aurais une maison, là-bas, sur la côte, et, puisque c'est mon métier d'être berger, je garderais les moutons de M. Jacob.

— Oui, murmura la jeune fille, ce serait une bien bonne idée.

— Certainement, fit le sergent, ce serait une excellente idée... seulement... il y a un seulement.

— Seulement quoi? demanda-t-elle d'une voix tremblante, pendant qu'un flot de sang lui montait au visage.

— Seulement, voilà, répondit hardiment Bonhommet : pour tenir la maison, il me faudrait une ménagère, et qui voudrait de moi dans ce pays, où personne ne me connaît?

— Ne dirait-on pas que vous êtes de cent lieues!

— Sans doute ; mais qui m'aimera ?

— Tous ceux qui vous connaîtront. Ce n'est pas comme moi...

— Ah ! fit-il, si celle-là que je désirerais posséder pour femme pouvait seulement m'aimer !

— Pourquoi ne vous aimerait-elle point ?

— Son cœur n'est peut-être pas libre ?

— Qu'en savez-vous? dit Madeleine. Le lui avez-vous demandé ? »

Il y eut un silence. A ce moment, tout aurait pu sans doute s'arranger d'un seul mot. Le sergent n'aurait eu qu'à dire à la jolie meunière : « Mais

celle que j'aime, Madeleine, c'est vous ! » Le mot
ne fut pas prononcé.

« Lorsque je reviendrai, reprit Bonhommet, —
et il eut la précaution d'ajouter : « Si toutefois je
reviens ! » — vous serez probablement mariée ?

— Eh ! qui voudrait de moi, Seigneur, s'exclama
la jeune fille, dans ce pays où tout le monde pré-
tend me connaître et où chacun me jette la pierre ?

— Mais quelque brave garçon qui vous plaira,
à qui vous plairez et qui croira en vous.

— En est-il un au monde ? »

Bonhommet en connaissait bien un, et il mourait
d'envie de le citer. Mais le sort voulut que, pour
son malheur, le rire du meunier Simonnet — un
rire gras, épais, sensuel et qui n'avait rien d'honnête — se fit entendre alors dans le groupe des
gens graves qui se rapprochaient. Une mauvaise
pensée traversa l'esprit du sergent.

« Eh ! mon Dieu, répondit-il avec humeur,
quand ce ne serait, par exemple, que M. Simonnet. »

C'était une méchante parole, et à peine le sergent l'eût-il lâchée qu'il aurait bien voulu pouvoir la rattraper.

« Pourquoi me dites-vous cela ? » s'écria vivement la jeune fille.

Mais, reprenant son calme aussitôt et baissant le ton : « Oui, c'est juste, fit-elle, et vous avez raison : puisque M. Simonnet m'a fait du tort dans l'opinion des gens, à lui de le réparer. Merci tout de même de votre générosité de tantôt, monsieur Bonhommet. J'étais folle de penser que quelqu'un pouvait croire à mon honnêteté. »

Et tirant, avec une nuance de raillerie, sa révérence au sergent :

« Adieu donc, monsieur Bonhommet, et encore une fois merci bien tout de même !

— Vous partez ? fit le sergent tout penaud.

— Sans doute, répondit Madeleine en s'éloignant. N'entendez-vous donc pas que la vieille Suzanne m'appelle ? Il faut bien que je m'en retourne avec mon Simonnet. »

Bonhommet voulut la rattraper, lui demander pardon ; mais l'alerte jeune fille était déjà trop loin.

Quelques instants après, il put l'apercevoir debout sur le perron, en compagnie de Suzanne, qui la remerciait de son concours, et de Simonnet qui se préparait à lui donner le bras. La jolie meunière était en train d'emprisonner sa tête sous une cape de laine. On l'entendait jaser d'un ton léger. Et ce-pendant — pourquoi ne le dirais-je pas tout de suite ? — la pauvre chère enfant n'était rien moins que gaie, et c'est en contenant courageusement ses larmes qu'elle affectait de rire et parvenait à faire bonne mine à mauvais jeu.

Bonhommet, cependant, dès qu'il l'eut aperçue, pirouetta sur ses talons et, se penchant en avant, vint appuyer en chantonnant ses coudes sur la barrière. A le voir en cette attitude, on eût pu vrai-ment croire qu'il écoutait la musique et suivait avec intérêt les évolutions des danseurs. Le fait est qu'il ne voyait ni n'entendait rien et que, si ses yeux et ses oreilles paraissaient braqués en avant, sa pensée et son attention étaient dirigées en ar-rière. Au fond, il enrageait sérieusement et s'en voulait mal de mort de son inqualifiable maladresse et de son incroyable méchanceté. Mais comment réparer sa faute maintenant ?

Lorsqu'il jugea qu'il avait suffisamment affecté l'indifférence, il se hasarda — sans doute avec le secret espoir d'y voir encore Madeleine — à jeter un regard du côté du perron; mais la place était vide, absolument vide, et l'on entendait la voix de M. Jacob qui, sous la grande voûte sombre de l'entrée, donnait amicalement le bonsoir à ses hôtes. Cela dura quelques minutes, puis la porte charretière se referma avec un bruit terrible de verrous et de ferraille.

Cependant la danse continuait dans l'enclos. Et elle continua si bien qu'elle dura — Dieu me pardonne! — jusqu'aux premières lueurs du jour. De temps à autre, on entendait la voix flûtée de Zabeth qui réclamait : « Encore! encore! » tout en jetant une œillade provocatrice du côté du sergent, qu'elle avait fini par découvrir au pied du vieux noyer. Mais le sergent ne voulait décidément pas se laisser tenter : au premier chant du coq, il battit en retraite et s'en alla goûter quelques heures de

repos. S'il dormit tranquillement, je ne l'ai jamais
su. L'histoire se borne à dire qu'il prit un peu de
repos et ne dit rien de plus. Après quoi, s'étant
levé sans bruit, il alla frapper à la porte de
M. Jacob, lui dit qu'il lui laissait son argent, qu'on
le reverrait plus tard dans le pays, puis, sans
vouloir s'arrêter davantage, sortit de la ferme,
traversa le village, quitta la vallée, et se dirigea,
par le chemin le plus court, vers le hameau du
Bois-Saint-Père, où son ami Cadet Borniche, non
sans s'impatienter, l'attendait.

XIII

Je vous ai dit, n'est-ce pas, ce que c'est que le Bois-Saint-Père? C'est une simple dépendance du bourg de Beton-Bazoches. A quelques centaines de mètres au-dessous du hameau passe la rivière de l'Aubetin, qui, poursuivant son chemin, traverse un peu plus loin le village. Quand je dis la rivière, j'exagère un peu. A cet endroit de son cours, l'Aubetin n'est pas encore assez éloigné de sa source et n'a pas assez d'importance pour mériter d'autre titre que celui de ruisseau. Encore est-ce un ruisseau qui ne gazouille guère et qu'on peut, bien souvent, traverser à pied sec. J'ai vu, moi qui vous parle, en de certaines années qui ne

sont pas fort loin, des gens de Beton-Bazoches
labourer le lit de leur rivière pour lui confier en
avril du plant de pommes de terre qui leur donnait d'amples récoltes à la saison d'automne. Mais,
à l'époque dont je vous entretiens, la culture de
la pomme de terre n'avait pas encore atteint dans
nos contrées le développement auquel nous la
voyons arrivée aujourd'hui. Et puis, Bonhommet
avait, en vérité, bien autre chose à faire que de
s'occuper du défrichement et de l'ensemencement
de l'Aubetin. La ferme de son ami Cadet Borniche,
sans être beaucoup plus mauvaise que celles qui
l'environnaient, avait réellement bon besoin d'être
dirigée avec intelligence pendant quelque temps.
Il n'était pas malaisé de voir qu'elle avait été né-
gligée durant une longue série d'années. La moitié
des terrains restaient en jachère et semblaient
n'être destinés qu'à l'entretien et à la propagation
des mauvaises herbes. Faute de vouloir payer un
charretier habile et diligent, le papa beau-père
et la maman belle-mère, devenus impotents, éco-
nomisaient annuellement soixante ou quatre-

vingts écus pour en perdre trois cents. Et cependant c'étaient des gens qui se flattaient de savoir
calculer! Leur fille, sans être sotte, n'était pas
fort industrieuse non plus. Le seul domestique de
la maison était un grand benêt de seize ans qu'on
employait à toutes besognes et qui ne s'employait
à aucune. La spécialité de ce jeune homme, le
printemps venu, paraissait être de dénicher les
nids et de couper de jeunes pousses de saule pour
en confectionner des sifflets. Triste chevance!
cela allait comme cela allait. Et les chardons crois-
saient à profusion dans les bonnes terres à blé.
D'assolements, pas l'ombre : quand le vieux avait
écorché le sol du soc de sa charrue, la vieille
venait par derrière, la serpillière au cou, répandant la semence. Le tout au hasard. On avait semé
blé sur blé, orge sur orge, méteil sur méteil, en
dépit du bon sens, à la grâce de Dieu. Comme si
la terre vraiment, cette bonne et vaillante terre
à qui l'on demande toujours de nous rendre au
centuple le grain qu'on lui confie, pouvait s'accommoder sans cesse de la même nourriture et ne

demandait pas, chaque saison nouvelle, à changer
de régime. Aujourd'hui, tout le monde sait cela
dans nos campagnes; mais en ce temps-là tout le
monde paraissait l'ignorer, et les vieux Thiercelin
du Bois-Saint-Père encore plus que tout le monde.

Il en allait ainsi du reste.

Les bâtiments d'exploitation, construits en terre
mélangée de paille hachée, laissaient apercevoir
dans cette maçonnerie grossière leurs charpentes
mal ajustées et à peine équarries. Les toitures de
chaume, reposant sur des perches vermoulues,
avec des creux et des renflements qui faisaient
penser aux vagues de la mer, semblaient remuer
et moutonner aux yeux dès le moindre souffle
d'air et s'ébouriffaient vers le ciel d'une façon ré-
barbative ou plaisante quand il soufflait grand vent.
Cela durait ainsi depuis des années sans qu'on eût
jamais eu l'intention ni même seulement l'idée
d'y remédier. Aussi les eaux pluviales ne se fai-
saient-elles pas faute de pénétrer partout à l'intérieur. Le fourrage pourrissait dans les greniers, et
le blé germait dans les granges.

La maison d'habitation elle-même, à laquelle attenait une étable, n'était rien autre chose qu'une sorte de hangar avec des compartiments fermés par des cloisons branlantes. La pièce principale, qui servait à la fois de cuisine, de laiterie, de buanderie, de salle à manger, de chambre à coucher, offrait au regard surpris un pêle-mêle, un encombrement d'outils et d'instruments de tous genres. On y voyait appendus des cognées, des serpes, des faucilles, des moules à fromage, des ustensiles de cuisine. Une grande pelle à four se dressait au coin de l'âtre en compagnie de bêches, de râteaux, de marmites et de fourches à fumier. La terre battue servait de plancher. Derrière la cheminée, en avant d'une alcôve fermée par des rideaux de cotonnade à grands damiers bleus et blancs semblables à de la toile à paillasse, une vieille horloge détraquée moulait sourdement les secondes dans sa gaîne de merisier bruni. Une table boiteuse, avec ses bancs boiteux, occupait tout le milieu de la pièce. Deux ou trois escabeaux, plusieurs billots servant de sièges, un bahut surmonté d'un dressoir avec des assiettes peintes, enfin la huche au pain, cette huche au pain carrée, massive, formidable, ayant l'air d'un coffre-fort, que l'on retrouve encore dans toutes nos campagnes et qu'on appelle communément la *maie*, complétaient l'ameublement. Ameublement qui certes n'avait rien de somptueux, mais qui aurait pu passer pour suffisant à cette époque s'il avait été mieux tenu. Le plafond, formé d'un mauvais bardeau posé sur des solives poudreuses, était, en maints endroits, littéralement tendu de toiles d'araignée. Ce qui n'empêchait d'ailleurs aucunement les mouches de pulluler. Au-dessous du plafond, sur des clayons d'osier suspendus tant bien que mal par des cordes pourries à la maîtresse poutre, étaient disposés des fromages encore mous et d'où suintait goutte à goutte un liquide aigrelet qui tombait sur la table, marbrant la surface graisseuse du vieux chêne de taches blanchâtres et poussiéreuses. L'œil et l'attention se fatiguaient à la poursuite de ces détails perdus dans un fouillis qui se compliquait d'ombre. Car c'est un point à noter qu'au logis des Thierce-

lin, comme dans quantité d'autres vieilles demeures
de ce temps-là, la lumière et l'air respirable étaient
parcimonieusement mesurés. L'ignorance et l'ava-
rice se plaisaient dans ce mystère. Que la porte —
une porte étroite et basse — fût ouverte toute
grande ou fermée à la cheville, c'était toujours à
peu près la même chose : on respirait mal dans
cet intérieur, et le jour, cette joie de nos yeux mo-
dernes, se faisait prier pour entrer. Le coin seul de
gauche, en avant de la cheminée, était à peu près
éclairé. Là, du matin au soir, aux abords d'une
petite fenêtre aux barreaux de fer entrecroisés,
d'épais tourbillons de mouches, attirés par le parfum douteux d'une large pierre d'évier, se pour-
suivaient dans la lumière. Et c'était, tout le long
du jour, un bourdonnement confus comme d'une
ruche en révolte essaimant par toute cette grande
pièce enfumée, avec des bruits de trompes et des
fourmillements d'ailes. Parfois cependant, une sorte
de silence se faisait tout à coup, qui laissait mieux
entendre le tic-tac assourdi de l'horloge : vive et
légère, avec un cri de triomphe, par le carreau

brisé de la croisée mal ajustée, une hirondelle venait d'entrer au logis des vieux Thiercelin, effarouchant dans son vol aux quatre coins de la salle toute cette bruyante vermine de l'air et s'empressant de regagner, une fois sa tournée faite, avec les mêmes cris joyeux, l'atmosphère libre du dehors. Cette hirondelle familière, c'était l'unique poésie du lieu. Poésie passagère et qui s'en allait à l'automne vers des régions meilleures. Son nid, qui s'abritait sous le toit de chaume, au milieu du feuillage d'une vigne encadrant la porte et la fenêtre, était respecté de tous, même du jeune dénicheur d'oiseaux, grâce à cette antique et touchante superstition qu'heureuse est la maison où niche l'hirondelle.

Un détail encore de cet intérieur, et qui marque bien l'état de délabrement et d'incurie dans lequel se trouvaient toutes choses, c'est que de temps à autre un beuglement plaintif s'y faisait entendre, et que dans la cloison de droite, juste en face de la cheminée, par une large brèche du torchis qui s'émiettait en poussière, une pauvre vieille vache maigre, lasse de chercher pâture à son râtelier vide, passait son museau rose au-dessus de la huche.

Par ce petit tableau de la pièce principale, je vous laisse à penser ce que pouvait bien être le reste du logis.

Bonhommet, au cours de ses pérégrinations forcées à travers le monde, n'avait jamais rien vu de plus misérable et de plus délabré que cette habitation rurale, avec ses dépendances, décorée par son ami Cadet Borniche du nom prétentieux de ferme du Bois-Saint-Père. Aussi comprit-il dès la première heure qu'il aurait fort à faire pour assainir et pour améliorer tout cela. Mais enfin il était venu dans le but de se rendre utile à son ami, et il n'était pas homme à reculer devant les difficultés de la tâche. A la vérité, sa première impression, assez défavorable, ne fit encore que s'aggraver et devint tout à fait pénible quand il eut visité par le menu les bâtiments de la ferme et se fut rendu compte du peu de qualité et du mauvais état des terres. Je n'oserais même pas affirmer qu'il n'eût éprouvé alors un sentiment de regret et de découragement. Mais ce ne fut là qu'une faiblesse passagère et dont il se garda bien de laisser rien paraître. C'est qu'en se rendant compte de la physionomie des lieux il avait instinctivement compris le caractère des gens. On vivait chichement et misérablement à la ferme du Bois-Saint-Père : mais on aurait peut-être rougi de s'y avouer pauvre, et le fait est qu'on avait le droit de s'y considérer comme riche, puisqu'on avait de l'argent. C'était cet argent qu'il fallait faire sortir de la cachette des époux Thiercelin. Besogne peu facile, car, dès les premiers instants de son arrivée, Bonhommet avait vu les deux vieux le regarder d'un air soupçonneux et défiant.

Ce fut alors qu'il se révéla aux yeux de son ami Cadet Borniche sous un jour tout nouveau.

Entrant brusquement en matière, il se mit à prôner chaleureusement les époux Thiercelin, leur représentant combien d'écus leur faisait perdre leur sordide routine et leur déplorable incurie. « Vos bestiaux sont mal nourris et mal installés, leur dit-il, dans des réduits infects, où l'on ne voit pas clair. Je ne vous parle pas de vous-mêmes. Ma mère, qui n'était qu'une pauvre femme, se serait crue déshonorée d'habiter une maison aussi malpropre et aussi peu commode que la vôtre. Il faut appeler le maçon et le charpentier. Ce n'est ni l'espace ni l'argent qui vous manquent. Donnez de l'air et de la lumière à vos animaux, et donnez-vous-en aussi à vous-mêmes ! Comment voulez-vous que des créatures vivantes puissent se développer, se reproduire et prospérer comme le veut la nature, si vous leur refusez systématiquement ce que nous dispense si généreusement la nature ? Mais on ne se nourrit pas d'air et de lumière seulement. Donnez donc aussi de la nourriture à vos animaux : non pas de ce foin ou de cette paille qui moisissent dans vos greniers et auxquels les pauvres bêtes, rebutées d'avance, ne touchent qu'à regret et du bout des dents, mais une nourriture agréable, qui, récoltée en son temps et soigneusement emmagasinée, soit variée, saine et abondante ; et, pour cela, prenez le parti de bien cultiver vos terres. Soyez tranquilles! pour ce dernier article, vous n'aurez pas grand'chose à débourser, car c'est moi qui m'y emploierai. Et pour le reste, mille tonnerres! le maçon et le charpentier de votre endroit ne sont probablement pas des ogres, des *avale-tout-cru!* Vous ne manquez d'ailleurs ni de pierre ni de bois. De la pierre, il y en a dans vos champs, et de grosse et de belle, de quoi bâtir une cathédrale, sans compter un vieux trou de carrière que j'ai aperçu dans un coin de votre chènevière et qui ne semble là que pour la conservation et la multiplication des grenouilles, jusqu'à ce que quelqu'un d'entre vous aille s'y casser le cou. Du bois, vous en avez à revendre; témoin ces peupliers que j'ai vus au bout de votre enclos, dont ils empêchent de pousser l'herbe et qui, si l'on tarde trop à les débiter en belles et bonnes charpentes, ne seront plus bons qu'à transformer en bûches et en fagots. Faites donc ce que je vous dis. C'est pour le bien de vos animaux que je vous parle, et aussi pour le vôtre; ce n'est pas pour le mien. »

Oh! non, ce n'était pas pour son bien, à lui,

que parlait ainsi Jérôme Bonhommet! Et Cadet
Borniche put admirer comment cet homme généreux, qui paraissait si peu se soucier de ses propres intérêts, savait servir et défendre, au besoin,
les intérêts des autres. Bonhommet continua encore quelque temps sur ce ton, tour à tour jo-
vial, insinuant, éloquent même. Si bel et si bien
qu'en dépit du proverbe : « Plus on prie un saint,
moins il fait de miracles, » les deux vieux, à la fin,
se laissèrent attendrir, promettant de desserrer
dès le lendemain les cordons de leur bourse...
pourvu, bien entendu, qu'on n'allât pas trop loin.

« Laissez faire, dit alors Bonhommet; on n'épui-
sera pas votre réserve. Et d'ailleurs je vous promets
que chacun des écus que vous débourserez pour
l'amélioration de votre ferme vous sera remboursé
sous forme de pistole avant qu'il soit dix ans. »

Les deux vieillards froncèrent le sourcil, car ils
ne pouvaient guère ni l'un ni l'autre espérer de
vivre si longtemps, cassés comme ils étaient; mais
ils regardèrent leur fille, la femme de Cadet Borniche, qui baissait modestement les yeux sur sa

taille arrondie... et tout fut dit pour ce soir-là.

La cause était gagnée.

Bonhommet s'en réjouit intérieurement pour son ami Cadet Borniche. Dès le lendemain, il fit appeler le maçon et le charpentier, puis retourna visiter les terres, qu'il fallait tout d'abord nettoyer, amender et labourer pour les remettre en bon allage.

XIV

Jérôme Bonhommet se mit donc à la besogne, mais il n'était pas gai. Un vague sentiment de malaise et de regret subsistait en lui. Cette impression, dont il ne voulait pas s'avouer bonnement la cause, était trop persistante pour ne pas être réelle. Cependant, en faveur du bon accueil de son ancien camarade, il se résigna. Le pays, d'ailleurs, sans être précisément beau, n'avait rien de particulièrement déplaisant; et puis il était si rapproché de son village natal! en moins d'une heure on pouvait faire le chemin, et Bonhommet, dans les après-midi du dimanche, aux sons de la cloche du bourg sonnant les vêpres, le fit assez souvent. D'un pas

alerte, après avoir traversé l'Aubetin, il passait au-
dessus de Beton-Bazoches, gagnait le plateau et
se dirigeait vers Bezalles. Là, l'église était silencieuse, le clocher muet. Il entrait au cimetière.
Sur la tombe de son père et de sa mère, lors de
son premier voyage, il avait planté des églantiers.
Les églantiers avaient poussé dans l'herbe, et l'on
voyait, aux fruits rouges dont ils étaient couverts,
qu'ils étaient bien repris et qu'ils avaient fleuri.
Bonhommet s'asseyait là, un instant, au pied de ce
tertre vert, pour réfléchir et se reposer. Puis,
machinalement, ayant accompli son pèlerinage, il
reprenait le chemin du Bois-Saint-Père. C'est ainsi
qu'il passait ses dimanches d'automne, se contentant pour toute distraction d'une simple visite aux
chers morts adorés qu'il avait à peine connus, mais
dont il avait gardé vivant en son âme le pieux
souvenir.

Le reste du temps, il travaillait, travaillait et
songeait. A mesure que les jours se passaient, il
devenait plus sincère envers lui-même et s'efforçait moins de donner le change à son cœur. Tout

en conduisant sa charrue à travers les chaumes
rocailleux et les friches broussailleuses du Bois-
Saint-Père, il consentait à reconnaître maintenant
le charme inappréciable de cette vallée du Petit-
Morin, à laquelle il ne pouvait s'empêcher de re-
songer, et il arrivait enfin à s'avouer franchement
que la meilleure partie de son âme était restée là-
bas, dans ce petit coin de pays agreste, où il avait
recouvré la vie et la santé.

Mais ce qui causait surtout sa peine, c'était de
penser qu'il s'était séparé de Madeleine aussi vilai-
nement qu'il l'avait fait. Hélas! que pensait-elle
de lui maintenant? Ne s'était-il pas d'ailleurs éloigné
d'elle avec la ferme résolution de l'oublier? Ah!
s'il avait osé pourtant! un beau dimanche matin,
il aurait franchi la distance qui le séparait du petit
moulin d'Orly, et une fois arrivé là, se présentant
devant la jeune fille, il lui aurait crié : « Madeleine !... »

Il ne savait pas bien ce qu'il lui aurait dit
ensuite, ni même s'il lui aurait dit autre chose;
mais peut-être aurait-elle compris sa démarche;

peut-être, avec cette intelligence qu'ont les femmes
des sentiments du cœur, aurait-elle franchement
tendu la main au pécheur repentant, qui lui offrait
la sienne en sollicitant son pardon! S'il avait osé!
Mais il n'osait pas, et c'est pourquoi, après avoir
longtemps lutté, longtemps hésité, il se décida
enfin à lui écrire le petit billet que voici :

« Cette lettre, mademoiselle Madeleine, est à
« seule fin de vous apprendre que j'ai bien du
« regret du doute dont vous m'accusez. Depuis
« que je suis ici, je n'ai fait tout le temps que de
« penser à vous. Si je n'avais crainte de votre
« mécontentement, je pousserais un dimanche jus-
« que devers chez vous. Mais j'ai bien trop grande
« peur de vous avoir offensée; et puis, mon voyage
« dans vos alentours ne passerait pas sans être
« remarqué, ce qui vous attirerait encore de nou-
« velles suppositions et de nouveaux chagrins. Par
« ainsi donc, j'aime mieux vous dire de loin que je
« vous ai en très grande affection et voudrais bien
« vous épouser, et que, si vous répondiez à ma

« demande — puisque vous savez écrire — par
« une parole d'espoir, j'en serais très heureux.

« Votre serviteur qui vous aime,

« JÉRÔME BONHOMMET. »

Quand Madeleine reçut cette lettre de la main du
piéton qui faisait le service de la vallée du Petit-
Morin, elle ne put s'empêcher de témoigner sa
joie.

Simonnet, qui se trouvait là, s'était mis à la
regarder surnoisement. Mais elle ne s'en aperçut
pas.

« Lis-moi cela, petite ! » demanda-t-il.

Madeleine, d'un ton pénétré, lut tout d'un
trait la lettre.

« Ah ! ah ! » fit le meunier.

Et ce fut tout.

« Il faudra que je lui réponde, n'est-ce pas? demanda la jeune fille au bout d'un instant.

— Dame ! » répondit le meunier en se grattant
l'oreille.

Et il n'ajouta rien de plus.

Madeleine demeurait pensive, attendant la suite. On entendait au dehors le tic-tac du moulin et le bruit de la chute d'eau sous les grands peupliers.

Enfin Simonnet se décida à compléter ainsi sa réponse :

« Fais ce que tu voudras.

— Mais, interrogea Madeleine, si ce qui me plaît vous déplaisait ?

— Bah ! fit-il, ne t'inquiète pas de moi. Je viendrai toujours bien à bout de mes petites affaires. Et puis, qui sait ? je ne suis pas si vieux ; je me remarierai peut-être. »

Madeleine se mit donc à écrire. Un doux rayon de soleil — on était dans l'été de la Saint-Martin — éclairait son beau front. C'est sous ce rayon de soleil, qui la réchauffait doucement, que la jolie meunière écrivit sa réponse. Son cœur battait bien fort, mais sa main courait rapidement sur la feuille de papier. Quand elle s'arrêta, les quatre pages étaient pleines, ce dont elle s'émut autant qu'elle s'en étonna. « Mais non, se prit-elle à penser, je ne puis lui dire tout cela, j'aurais l'air d'une effron-

tée. Sa lettre, à lui, est si courte, d'ailleurs ! »
Et elle s'aperçut alors, non sans une nouvelle surprise, que cette lettre si courte, elle la savait déjà
par cœur.

Restait à écrire une autre réponse. Ce ne fut pas
sans difficulté qu'elle y parvint. Simonnet était
toujours là, tournant autour d'elle, jouissant de
son embarras pendant qu'elle écrivait.

Voici quel fut le résultat du travail de la jolie
meunière :

« Je ne vous cacherai pas, monsieur Jérôme,
« que votre petite lettre m'a fait beaucoup plaisir.
« Vous m'avez rendu trop service en deux occa-
« sions pour ne point vous douter un peu de l'opi-
« nion que j'ai de vous. Par ainsi, je vous autorise
« à penser que vous n'avez pas eu affaire à une
« ingrate. Et si, lorsque vous aurez fini vos affaires
« par là-bas, vous revenez dans notre pays avec
« les mêmes sentiments que vous avez aujourd'hui,
« je me trouverai très honorée et me dirai très
« heureuse de vous accorder ma main. En atten-

« dant, puisque vous savez écrire, donnez-moi sou-
« vent de vos nouvelles, et croyez-moi toujours

« Votre bien affectionnée servante,

« MADELEINE-JACQUELINE, née LANDUREAU. »

« Tenez, maître, dit Madeleine au meunier
quand elle eut terminé, voici ma réponse. Voulez-
vous lire ? »

Simonnet prit la lettre et se contenta d'y jeter
les yeux ; puis, l'ayant refermée : « Bien, fit-il
d'un air cordial, en allant tantôt à Rebais, où j'ai
affaire, je la remettrai moi-même à la poste. »

Madeleine n'avait aucune inquiétude au sujet de
la promesse du meunier, et elle se réjouissait de
penser que le sergent recevrait promptement sa
réponse. Cependant Bonhommet attendit vainement : les jours, les semaines, les mois s'écoulèrent, et la réponse de Madeleine n'arrivait pas.
« C'est qu'elle m'en veut toujours de mes doutes,
se disait-il. Eh bien ! dussé-je en mourir de chagrin, je ne ferai pas un pas de plus vers celle qui
m'a refusé le pardon. »

De son côté, la jolie meunière s'étonnait de ne point recevoir une nouvelle lettre de Bonhommet. « Il m'aura oubliée, se disait-elle, ou bien c'est que, même après ma lettre, ses doutes lui seront revenus. Allons, résigne-toi, pauvre fille, et tâche d'oublier. » Mais elle avait beau se tenir chaque jour de semblables raisonnements, elle n'oubliait pas. Et tous deux, chacun de son côté, souffraient et s'ennuyaient en s'efforçant de dissimuler leur souffrance... et cela parce qu'il avait plu à Simonnet d'allumer sa pipe avec la lettre de la gentille meunière.

Cependant le temps se passait, et l'hiver tirait à sa fin, lorsque par tout le pays se répandit le bruit que l'Empereur s'était échappé de l'île d'Elbe et qu'il s'avançait sur Paris, entouré de généraux et suivi de régiments qui accouraient en masse se rallier à lui. Justement, Bonhommet, dont la tâche était à peu près terminée, venait d'avoir une scène avec son ancien camarade, devenu son patron d'occasion. Cadet Borniche, dont l'amitié semblait aller se refroidissant au fur et à mesure des services rendus, ne s'était-il pas avisé de trouver que sa femme regardait peut-être un peu plus que de raison du côté du sergent, qui, berger de son état, avait probablement ensorcelé la pauvre créature? Bonhommet, heureux de saisir un prétexte honnête pour planter là cet imbécile, maintenant qu'il l'avait tiré d'embarras, ne répondit pas un traître mot à de semblables accusations. Il se contenta de revêtir son uniforme, et, sans prendre congé de personne, il partit.

XV

Vous connaissez aussi bien que moi l'histoire des Cent-Jours. Peut-être, en s'éloignant de la ferme de son ami Cadet Borniche, le sergent emportait-il avec lui l'espoir de se faire tuer. Les amoureux sont si drôles ! Il en revint pourtant, comme il était revenu de tant d'autres campagnes plus ou moins glorieuses et plus ou moins meurtrières.

Mais ce ne fut pas vers le Bois-Saint-Père qu'il se dirigea.

Un jour de la fin de juillet 1815, il entra dans la cour de la ferme de Sablonnières. Justement, le fermier donnait un coup de main à ses batteurs, voulant vider sa grange pour la moisson nouvelle.

Il était occupé, pour le moment, à vanner un immense tas de grain formant montagne sur l'aire. Il avait quitté sa blouse, et la sueur perlait sur son front ; mais, tout entier à sa tâche, il ne paraissait aucunement songer à la fatigue. Il était comme enveloppé d'un nuage, que chaque coup de son van rendait plus opaque et plus dense. Un rayon de soleil qui filtrait entre les ais disjoints de la petite porte du fond illuminait toute cette poussière et faisait par instants comme un radieux nimbe à sa tête énergique. Bonhommet, qui s'était approché, le regardait sans l'interrompre, s'imaginant d'avance la surprise qu'il allait lui causer.

Grande surprise, en effet ! En détournant la tête pour jeter un coup d'œil dans la cour, où travaillaient ses gens, M. Jacob aperçut Bonhommet, pâle de fatigue et d'émotion, qui lui souriait, la main tendue, à l'entrée de la grange. Se croyant le jouet d'une erreur, il se frotta les yeux pour y mieux voir, et laissa du même coup tomber son van sur l'aire. Jamais on n'aurait supposé M. Jacob capable d'une pareille émotion. Quelques poules

aux aguets profitèrent de cet instant de prodigieux
étonnement pour se glisser sans bruit dans la
grange et se gorger impunément de ce beau blé
qui ruisselait et reluisait sur l'aire.

« Vous ! c'est vous ! s'exclama enfin le fermier
quand il eut terminé de se frotter les yeux. Et vous
revenez de là-bas?... J'ai su, par un porte-balle de
ma connaissance, que vous aviez quitté le Bois-
Saint-Père au moment du retour de *l'autre*. Mais,
vraiment, c'est à peine si j'espérais vous revoir ! »

Et, saisissant les deux mains du sergent, il les
pressa vigoureusement dans les siennes.

« Comme vous avez bien fait de ne pas rester là-
bas !

— A Waterloo ? fit le sergent ; j'y étais ; la mort
n'a pas voulu de moi.

— Eh bien, tant mieux, ma foi ! J'ai de l'argent
à vous, que diable ! J'aurais eu du regret d'être
votre héritier... Et dites-moi, Bonhommet, il paraît,
entre nous, qu'on s'est rudement battu ?

— Rudement battu, je vous en réponds.

— Mais ils étaient trop, n'est-ce pas ? »

Pour toute réponse, le sergent indiqua du geste les millions de grains de blé amoncelés sur l'aire.

« Oui, c'est terrible, des batailles comme celles-là! » murmura le fermier.

Puis, changeant brusquement de ton :

« Ah! canailles, ah! pillardes, je vous y prends encore! »

Comprenant que c'était à elles que ces paroles du maître s'adressaient, les poules maraudeuses donnèrent un dernier coup de bec dans le tas de grain et s'enfuirent à tire-d'aile.

« Mais vous êtes pâle, sergent? auriez-vous été blessé? reprit avec intérêt le fermier.

— Oh! peu de chose. Un coup de sabre sur la tête.

— Peste! peu de chose, un coup de sabre? On voit bien que vous en avez l'habitude. »

Tout en causant, ils avaient pris place à côté l'un de l'autre sur des bottes de paille qui leur composaient un siège assez moelleux.

« Mais, vous voyez, la tête est restée, fit le sergent en se découvrant et en montrant une petite ligne rougeâtre qui partait du sommet du front en se dirigeant vers l'occiput. Grâce à mon shako et à l'épaisseur de ma chevelure, qui a amorti le coup, la lame a glissé. J'en ai été quitte pour deux jours de fièvre. On m'a dirigé sur un hôpital. Là, le chirurgien qui me soignait m'a reconnu pour un conscrit de Wagram qui avait eu l'occasion de lui rendre service. Un bienfait n'est jamais perdu. Il s'est dépêché de me guérir, ce qui n'était pas difficile, et m'a fait obtenir mon congé définitif six mois avant le temps, ce qui n'était peut-être pas aussi commode. « Vous savez? me dit-il; l'armée se re-« tire au delà de la Loire; mais vous allez pouvoir « rentrer dans vos foyers; jadis, vous m'avez sauvé « de la mort; aujourd'hui, c'est mon tour : je vous « sauve de l'ennui. Nous sommes quittes. » Là-dessus, nous nous sommes embrassés, et je suis revenu.

— Eh bien! fit le fermier, il faut convenir que vous arrivez à propos. Vous n'avez pas oublié votre promesse de l'an passé, je pense? Vous allez être mon berger.

— Comment! est-ce que le père Maurice?...

— Le père Maurice a voulu recommencer cette
année sa petite partie de l'an dernier à la fête de
Saint-Cyr, et dame! en revenant le soir, peut-être
y voyait-il un peu trouble. Peut-être aussi les
étoiles dont il était si follement amoureux après
boire se miraient-elles dans la rivière. Toujours
est-il qu'il est tombé à l'eau, pour avoir trop bu
de vin.

— Et le pauvre homme s'est noyé?

— On ne l'a repêché que le lendemain. Je l'avais
prévenu; il ne m'a pas écouté. Le père Maurice
est maintenant où nous irons tous.

— Pauvre brave homme!

— Hé oui! pauvre brave homme! Mais je ne l'ai
pas remplacé. Je vous attendais.

— Vous croyiez donc à mon retour?

— Dame! j'y comptais sans y compter! Du moment que je vous savais parti du Bois-Saint-Père,
je pensais bien que vous étiez allé à Waterloo, et
je me disais, pour me rassurer, que je vous avais
vu revenir de plus loin.

— Ah! oui, fit Bonhommet avec émotion, quand vous m'avez ramassé là-bas, à Montmirail, j'étais déjà plongé dans les ténèbres de la mort.

— C'est vrai, sergent, c'est vrai. Heureusement, vous êtes un gaillard, vous, et un fier gaillard, je ne vous dis que ça!... Mais c'est entendu, n'est-ce pas? nos conditions tiennent toujours, vous voilà mon berger?

— Je suis votre berger.

— Et vous m'achetez ma petite maison de la Belle-Etoile?

— J'achète votre petite maison de la Belle-Etoile.

— Ah! ah! quel brave garçon de sergent vous faites! Maintenant, l'ami, vous avez la maison et l'emploi. Deux articles sur trois. Il ne vous manque plus que la ménagère. Madeleine est toujours là, vous savez? Un beau brin de fille, sergent, que la Madeleine! Et vous l'aimez, soit dit sans vous offenser, mon brave! Je ne prétends point me connaître à ces choses-là, mais j'ai vu ça tout de même... Eh bien, pourquoi ne l'épouseriez-vous pas,

15

si vous l'acceptez, si vous la jugez digne de vous?

— Ah! fit douloureusement Bonhommet, c'est qu'elle ne voudrait pas de moi!

— Tiens! tiens! cette *sainte-difficile*, et comment cela? »

Le sergent ne répondait pas :

« Elle, ne pas vouloir de vous? reprit le fermier. Eh bien, mais là, voilà qui serait fort, par exemple!

— Cependant...

— Mais elle n'a rien, cette Madeleine, que sa jeunesse et sa beauté!

— Vous voyez bien, monsieur Jacob, qu'elle est plus riche que moi.

— Vous, vous avez la science, l'expérience, des galons de sergent, et votre maison de la Belle-Etoile. Ça flatte une femme, tout cela! Et puis, maintenant que vous avez une position....

— Une position?

— N'êtes-vous pas mon berger?

— Sans doute. Et vos raisons seraient bonnes... si elle m'aimait.

— Eh! qui vous dit, mon brave, qu'elle ne vous aime pas?

— Dame! c'est juste, après tout; elle croit que j'ai douté d'elle!

— Oh! la jolie raison. Tout le monde a douté d'elle!

— Oui, mais moi, je l'aimais! »

Le fermier ouvrit de grands yeux.

« Je ne m'entends point à ces finasseries, fit-il après un silence.

— Et quand on aime, reprit Bonhommet tout absorbé dans sa pensée, on n'a point le droit de douter.

— Vous m'en direz tant! s'exclama le fermier. N'importe, si j'étais de vous, berger, maintenant que vous avez la cage, je chercherais l'oiseau. »

XVI

Voilà donc notre sergent installé comme berger au service de M. Jacob Renard et se prenant de belle amitié pour les deux chiens du père
Maurice, comme pour chacune des bêtes de son
nombreux troupeau. Vous dire à quel point il les
choie et les adore me serait impossible; c'est à
croire qu'en leur compagnie l'ancien soldat se sent
dans un monde meilleur.

Jacob Renard, de son côté, se félicite de son
nouveau berger.

« Allons ! je suis content, lui dit-il au bout de la
première semaine; nous serons heureux ensemble;
faites-moi gagner de l'argent. »

Et Bonhommet de sourire avec confiance, en continuant gravement son chemin à la tête du troupeau.

D'ailleurs, ces premiers jours s'écoulent sans événements. Le soleil luit, l'alouette chante, le paysan travaille. Et puis c'est tout. Non, ma foi, j'oubliais, j'oubliais la gentille rivière qui continue de couler en faisant tourner les moulins. J'oubliais aussi l'ennemi qui est là, depuis la fin de la dernière campagne, occupant la contrée et vexant l'habitant qui n'en peut mais. Aussi évite-t-on de parler politique et de s'occuper d'autre chose que de sa besogne et de ses intérêts. Mais bientôt l'étranger s'éloigne, et chacun alors, sous son humble toit de chaume, de se sentir plus à l'aise et de respirer mieux.

Cependant le bruit du retour du sergent s'est répandu dans la contrée. A deux lieues à la ronde, il n'est pas un habitant du pays qui n'en soit depuis longtemps instruit. C'est que la résurrection merveilleuse du brave sous-officier, sans compter son talent de faucheur et sa belle défense de Made-

leine au cabaret du *Soleil d'or*, en ont fait jadis
aux yeux de la population un personnage, un
héros de première grandeur. Hélas ! la seule personne à laquelle pense peut-être toujours le malheureux berger est celle qui paraît se soucier le
moins de son retour. C'est maintenant Simonnet qui
vient au moulin chercher le grain à moudre et
rapporter la *monnaie*. Jérôme, après plusieurs mois
de séjour à la ferme, n'a pas encore revu Madeleine. Pour se distraire de ses pensées, Bonhommet
apporte dans l'exercice de ses fonctions une activité,
un zèle qui font la joie de son maître. Fidèle à ses
idées de progrès, il engage celui-ci à apporter
des améliorations dans l'exploitation de ses terres
et les aménagements de sa ferme. Jacob Renard
est routinier et n'aime guère à dépenser son argent
qu'à bon escient. Cependant tel est l'ascendant
qu'a pris sur lui son nouveau berger qu'il l'écoute
toujours avec intérêt, admet assez souvent que ses
idées ont du bon, et se laisse entraîner à des dépenses qui lui rapporteront de l'argent. Aussi fait-
il construire et réparer. Au lieu d'être une réunion

de trous noirs remplis de fumier, où une odeur âcre et brûlante vous prend affreusement au nez et à la gorge quand vous y pénétrez sans précaution, la bergerie devient un local spacieux, aéré, sans cesser d'être chaud. Les étables et les écuries, le tect à porcs et le poulailler s'améliorent de la même façon. Ce n'est pas encore une ferme comme on en pourra voir à notre époque dans nos charmantes contrées , mais c'est déjà quelque chose de mieux que ce que l'on voit généralement. Casimir Duflot, cet ami de Jacob Renard qui devint plus tard une des célébrités agricoles de la Grande-Brie, approuve les idées de Bonhommet et conseille au fermier, qui n'en a cure, ne voulant pas pousser si loin la complaisance, de se confier aveuglément à la sagesse et à la science de son dévoué berger. Et vraiment c'est merveille de voir comme tout se transforme jour à jour. Le troupeau, les bestiaux, la volaille, profitent, s'engraissent, deviennent beaux, et la réputation du fermier s'en accroît, en même temps que celle de son berger commence à se répandre.

On cite de Bonhommet des mots, des anecdotes. A un charretier embourbé qui rudoyait son cheval, il dit un jour d'un ton moitié plaisant, moitié sévère : « Allons! ne maltraite pas cette bête; peux-tu savoir, l'ami, ce que tu deviendras? » Et d'un seul coup d'épaule il démarra le chariot.

Une autre fois, une commère, qui venait de mettre du lait sur le feu, l'arrête pour causer sur le devant de sa porte, lui demandant de ses nouvelles et s'il s'accoutumait au pays, puis jasant du tiers et du quart, jusqu'à ce que, s'interrompant tout à coup, elle s'écrie en levant de grands bras : « Tenez, pendant que je vous parle... » Elle n'eut pas le temps d'achever, et ce fut lui qui dit : « Votre lait s'en va dans les cendres. » Mais déjà, s'élançant dans la maison, il avait retiré le poêlon du feu et soufflé dur et ferme sur le liquide bouillant. Alors, montrant à la commère le lait qui remplissait encore une bonne moitié du vase : « Si je vous avais laissé terminer, fit-il en riant, il n'en resterait plus une goutte! »

Comme on s'entretenait en sa présence d'un de

ces importants gonflés de vanité, toujours prêts à se targuer de leur soi-disant mérite en rabaissant le plus souvent le vrai mérite d'autrui, célébrant avec emphase comme leurs les principes qu'ils ont vu triompher la veille, et se donnant pour des apôtres alors qu'ils n'ont été que des disciples arriérés ou des imitateurs serviles : « Laissez donc faire ces gens-là ! dit-il très simplement ; pas si sot que de s'y tromper, le monde sait fort bien que ce ne sont pas les couleurs les plus voyantes qui sont le meilleur teint. »

Il n'avait jamais aimé le cabaret, et, même dans les plus mauvais jours de sa vie militaire, il ne se souvenait pas de s'être une seule fois enivré. Mais, depuis sa fameuse querelle avec son ami le grand Guillaume, il n'avait plus remis le pied dans une auberge. « Pourquoi donc ne pas chercher à vous distraire un peu comme tout un chacun? lui demandait un jour le petit père Crapart, brave homme de forgeron qui avait toujours soif. Le temps passe plus vite et plus gaiement à chanter et à rire avec les camarades. — Ma foi ! repartit Bonhommet, ce n'est pas que je blâme le cabaret pour les autres quand ils n'en abusent pas; mais pour moi-même, je vous avouerai, monsieur Crapart, que je ne m'en soucie guère. Le temps passe toujours assez vîte qu'on emploie au travail et qu'on prend comme il vient. Et tenez, ajouta-t-il en étendant la main vers une haie d'où s'échappait en ce moment le babil harmonieux de toute une volée de pinsons, dites-moi si vos chanteurs de cabaret en feront jamais autant que ces petits oiseaux! »

C'était un sage.

Malheureusement, sa sagesse avait une fêlure : il aimait.

XVII

Il aimait, et, il avait beau s'en défendre, il pré-
voyait déjà le temps où il serait forcé de crier grâce
et de s'avouer vaincu. Il avait d'ailleurs revu
Madeleine. En menant paître ses moutons du côté
d'Orly, il l'avait aperçue qui revenait d'Hondevilliers, montée sur son cheval blanc. Elle avait
feint de ne pas le voir, et lui-même avait affecté de
ne pas la regarder. Mais tous deux avaient éprouvé
une de ces secousses qui ne sauraient se raconter
dans aucune langue, une de ces émotions faites de
tendressse et de haine qui sont les plus violen-
tes et les plus douces émotions de l'amour. On était
alors en mai 1816, et, dans l'été qui suivit, il leur

arriva souvent de se rencontrer ainsi, au bord des grands chemins, sans jamais se regarder . Le hasard était-il pour quelque chose dans toutes ces rencontres? Evidemment non. Le hasard n'a ni de ces prévenances ni de ces cruautés. Il semble donc que le berger et la meunière aidaient quelque peu le hasard.

Or il est bon de vous dire que cet été de 1816 fut marqué par des pluies tellement abondantes qu'une partie des récoltes furent détruites sur pied et qu'une sorte de disette s'ensuivit. Chose assez singulière, les nuits étaient généralement aussi claires et aussi brillantes que les journées étaient sombres et orageuses. Les moutons ne sortaient donc guère de la bergerie, et Bonhommet s'employait à divers travaux dans les bâtiments de la ferme, de cette ferme où, depuis qu'elle l'y savait de retour, la belle et vindicative Madeleine ne revenait jamais plus. Mais bah! cela importait peu; ils se rencontraient tout de même, et s'éloignaient l'un de l'autre sans avoir échangé ni un regard ni un geste, ni une parole, et plus tristes.

plus désolés, plus malheureux qu'auparavant.

Ils en étaient là de leurs amours, lorsqu'une circonstance se produisit qui aurait dû les rapprocher
tout de suite en leur montrant l'inutilité et la pué-
rilité de leur mutuelle rancune, en même temps
que la profondeur de leurs sentiments.

Un jour que la rivière était très grosse et qu'il
tonnait très fort, le cheval blanc de Madeleine prit
peur en passant le gué. Vous savez à quel point peut
devenir dangereux le Petit-Morin par les grandes
pluies. Effrayé par un éclair, le cheval fit un écart
et, prenant le fil de l'eau, précipita du coup la jeune
fille dans le courant, qui, rapide et tumultueux,
l'enveloppa dans ses plis et l'emporta. Comment
Bonhommet se trouva-t-il, à point nommé, pour
sauver le cheval et arracher la jeune fille à la
mort? C'est ce que je ne me chargerai pas de vous
expliquer, mais le fait est que la chose eut lieu. Le
fait est aussi que, bien loin de se montrer recon-
naissante, Madeleine, en se trouvant hors de
danger, à côté de cet homme dont elle s'était crue
si longtemps dédaignée et méprisée, lui dit pour

seul remerciement : « Vous auriez peut-être mieux fait de m'y laisser! » pendant que le berger se retournait en poussant un sanglot et qu'elle s'éloignait au galop de son cheval, pour ne pas laisser voir ses larmes.

Quand Bonhommet se retrouva en face de son maître, celui-ci s'aperçut bien que son berger était plus chagrin qu'à son ordinaire et voulut en savoir le comment et le pourquoi. Mais c'était là ce que le brave garçon se garda bien de dire, par discrétion, d'abord, sur ses propres sentiments, et aussi pour ne pas montrer la dureté de cœur de la jolie meunière. Alors M. Jacob, voyant qu'il ne pouvait rien obtenir des secrets de son berger, lui dit que, s'il s'intéressait toujours à Madeleine, il y aurait peut-être moyen d'arranger les affaires; que lui, Jacob Renard, se faisait fort de donner à mons Simonnet une ménagère qui remplacerait au moulin la gentille meunière, circonstance qui ne manquerait pas de faciliter le mariage de celle-ci avec Bonhommet. Le fermier ajoutait que rien ne l'amuserait autant que de procurer à son ami le meunier une femme du genre de la vieille Suzanne, qui, fière des économies qu'elle apporterait au moulin, ne manquerait pas de dominer son mari et de le faire marcher à la baguette. Ce qui serait pour le mieux. « Ainsi, disait-il en achevant, nous ferions d'une pierre deux coups, et cela me mettrait peut-être moi-même en appétit de mariage pour le premier moment où j'en trouverais le temps. »

On ne pouvait se montrer plus complaisant.

Cependant Bonhommet le laissa dire ; puis, quand il eut terminé : « Eh bien non ! répondit-il, avec la touchante confiance de l'amour, tenez, monsieur Jacob, je vous remercie ; mieux vaut, à mon avis, ne vous occuper de rien. Si mon mariage avec Madeleine se concluait de cette façon, je serais capable de croire que les circonstances y ont eu plus de part que le sentiment, et je conserverais peut-être cette impression-là toute ma vie. Laissons aller les événements. J'ai dans l'idée que si Madeleine a pour moi quelque chose dans le cœur, tout finira par s'arranger. »

XVIII

Enfin le beau temps était revenu. Il s'était fait
assez attendre. Après un été pluvieux, on avait la
chance de jouir de quelques belles journées d'automne. Rien de plus doux et de plus riche aux
yeux que la parure des bois à cette époque ; rien
de plus mélancolique et de plus triste que les
terres dépouillées de leurs récoltes dans le temps
qui précède le labour et la verte éclosion des semailles nouvelles. La nuit, une brume épaisse
remplit le fond des vallées. Quand le regard y
plonge d'une certaine hauteur, on dirait d'un grand
lac dormant au milieu des collines sous la clarté
de la lune. Montez plus haut ; gagnez le plateau, où

l'air est moins humide. C'est là qu'un soir du mois de septembre, huit jours après la conversation que je viens de vous rapporter, Bonhommet a parqué le troupeau de M. Jacob.

Le soleil vient de disparaître à l'horizon. Pas de bruit. Tout est tranquille, Renfermé entre les quatre lignes de claies de son parc, le troupeau dort paisiblement. Parfois se fait entendre le bêlement d'un agneau qui se réveille et qui, bien que sevré, cherche, par reste d'habitude, la mamelle de sa mère. Posée sur ses deux roues à l'une des extrémités du parc, la cabane du berger est là, dans un champ en jachère, à la lisière du bois. Debout sur le bord du plateau, entre ses deux chiens qui l'écoutent, le berger, pour passer le temps, s'est mis à fredonner de vieux airs. Puis, comme il ne découvre personne au loin, comme il est là bien seul au sommet de la colline, il s'est mis à chanter. Ses deux mains s'appuient sur sa grande houlette; un manteau qui l'enveloppe tout entier, laissant seulement apercevoir sa tête couverte d'un large feutre, semble rehausser sa taille qu'il rend plus imposante. La voix, déshabituée de chanter, est restée juste et pure. Elle s'élève et s'abaisse suivant les inflexions de la musique, qui ne vaut que par sa grâce et sa mélancolie. Cela ne ressemble à rien de ce que vous avez jamais entendu dans les salons et dans les concerts; mais cela est doux comme il convient à une plainte et s'harmonise admirablement avec tous les détails du tableau.

Or, pendant que le berger chante, appuyé sur sa houlette, une jeune fille à cheval a débouché d'un chemin herbu et va s'engager dans le sentier caillouteux qui descend la colline. Elle écoute, se laisse glisser de sa monture, l'attache à l'angle d'une futaie et s'approche à pas lents.

Les chiens, qui l'ont reconnue, n'ont pas fait un mouvement. Ils semblent, eux aussi, prêter toute leur attention à cette poésie rustique qui sort des lèvres de leur maître.

Et voici, autant qu'il peut m'en souvenir, ce que dit sa chanson :

Mon cœur est tout en peine,
Mon pauvre cœur dolent,
Depuis qu'j'ai vu Mad'leine
Passer sur son ch'val blanc.

Depuis qu'j'ai vu Mad'leine
Passer sur son ch'val blanc,
J'y rêv' toute la s'maine
Et l'dimanche égal'ment.

J'y rêv' toute la s'maine
Et l'dimanche égal'ment ;
Ne sais quand l'inhumaine
Finira mon tourment !

Ne sais quand l'inhumaine
Finira mon tourment !
Mad'leine, ô ma Mad'leine,
Ayez pitié d'l'amant !

Mad'leine, ô ma Mad'leine,
Ayez pitié d'l'amant,
Qui veut, quoi qu'il advienne,
Mourir en vous aimant.

Il y avait tant d'âme et tant d'effusion touchante dans la façon dont fut dit ce dernier couplet, que la jeune fille en fut profondément remuée et que, s'élançant vers le berger, elle lui posa la main sur

l'épaule et, le voyant se retourner avec étonnement, fit le geste de se précipiter, pleurante, à ses
genoux. Inutile d'ajouter que Bonhommet ne la
laissa pas faire. Je vous laisse à penser les explications et les larmes. Ils restèrent plus d'une
grande heure, se confessant leurs torts et se les
pardonnant. Enfin la réconciliation fut complète,
le mariage décidé, et le traité de paix signé d'un
bon baiser.

En se servant de la lettre de Madeleine pour
allumer sa pipe, le meunier Simonnet n'avait assurément pas prévu semblable dénouement. Il n'était
d'ailleurs pas trop à plaindre, ce mauvais farceur
de Simonnet. Le fermier de Sablonnières s'était
occupé de lui. La vieille Suzanne allait devenir
meunière. Simonnet s'était bien d'abord demandé
s'il aurait le courage de renoncer au projet qu'il
avait formé d'épouser un jour Madeleine; mais les
écus de la vieille Suzanne l'avaient tout à fait décidé. Il faut dire aussi que le fermier avait été fort
pressant, et que son langage s'était trouvé d'autant
plus persuasif que son ami le meunier lui devait

de l'argent. Enfin, tout le monde était content, même la vieille Suzanne, qui n'était pas fâchée de devenir maîtresse de maison et qui, toute boiteuse qu'elle était, se promettait bien de ramener dans la bonne voie son coureur de mari, qu'elle mènerait à la baguette et ferait marcher droit. C'était donc une affaire terminée ; on avait topé dans la main, et cela s'était conclu dans la salle commune de la ferme de Sablonnières, juste à l'heure où sur le plateau d'Orly se faisait entendre pour la première fois la *Chanson du berger*.

Mais, pour en revenir à Bonhommet et à Madeleine, jamais mortels au monde ne s'étaient sentis plus heureux.

« Il faut pourtant que je m'en aille ! » dit enfin la jolie meunière quand elle eut rendu au berger le baiser qu'elle en avait reçu.

Et, pour ne pas être tentée de s'attarder davantage, elle s'élança vers l'endroit où elle avait laissé son cheval et se mit à descendre la côte au pas de sa monture.

Cependant la nuit s'était faite peu à peu. C'était

une de ces nuits calmes, comme on en voit parfois en automne, et qui semblent faites pour abriter dans leur transparent mystère le charme incomparable des tendresses humaines.

Au moment d'entrer dans le chemin creux, vers le bas de la côte, Madeleine se retourna et put apercevoir encore, se découpant en noir sur le fond bleu du ciel, la silhouette imposante de son heureux berger, qui, demeuré debout au faîte de la colline, la regardait s'éloigner, rêveur, sous les étoiles.

Juillet-septembre 1878.

FIN DE LA CHANSON DU BERGER

LE RÉCIT

D'UN BUVEUR D'EAU

A MONSIEUR G. FEUILLOLEY

LE RÉCIT

D'UN BUVEUR D'EAU

Je revenais d'une excursion dans la vallée de
l'Aubetin, lorsque je fus surpris par l'orage. Une
maison s'offrit à moi. Modeste, elle dominait les
hauteurs boisées, mais en s'abritant sous la verdure
comme un doux nid dans le feuillage. Avec ses
persiennes vertes et sa façade toute blanche, elle
avait je ne sais quel air accorte et hospitalier. Un
jardin clos de murs l'isolait du village, dont on
apercevait plus loin le clocher s'élever dans les
nues. De larges gouttes de pluie commençaient à
tomber : j'entrai dans la maison. Je connaissais
d'ailleurs le propriétaire — un vieux brave homme
du nom de Jean Thomasset — pour l'avoir déjà

rencontré. Sa femme étant allée voir les enfants et petits-enfants du côté de Vaudoy, je le trouvai seul, assis en face d'un jambon, d'un morceau de veau froid et d'une salade qu'il m'offrit de partager avec lui. C'était l'heure du déjeuner; j'acceptai cordialement l'invitation. Alors, tout en mangeant, nous nous mîmes à causer : de ceci, de cela et d'autre chose encore. En somme, la conversation ne roula guère que sur la pluie, le beau temps, la situation des affaires, l'Exposition universelle et les élections de l'an dernier. Ces divers sujets épuisés, nous serions peut-être demeurés à nous regarder bouche close, n'ayant plus rien à manger et n'ayant plus rien à nous dire, sans une remarque que j'avais faite à plusieurs reprises pendant le repas, et dont je me permis de témoigner tout haut mon très vif étonnement. Ce qui me valut, bons lecteurs mes amis, le récit qui va suivre.

« Pourquoi je mets tant d'eau dans mon vin? me demanda mon hôte après avoir savouré longuement le liquide à peine rosé contenu dans son

verre, c'est une histoire, ma foi, bien simple et
qui ne date pas d'hier. Cela remonte aux premiers
temps de mon mariage. Il y avait à peine un an
que Claudine Génisson et moi nous nous étions
présentés, accompagnés de nos parents en habits
de fête, par-devant M. le maire, qui nous avait lu
quelques articles du code et nous avait déclarés,
en bonne et due forme, unis par le mariage. La
Claudinette et moi, nous étions pauvres, mais nous
nous aimions bien. Une petite fille nous était
venue dix mois après la noce, et je n'ai pas besoin
de vous dire que nous l'aimions bien aussi. Je tra-
vaillais alors comme ouvrier charpentier chez le
père Morissot, un entrepreneur habile et bien noté
dans le pays. Ma femme était connue comme la
couturière et la lingère la plus adroite de la
contrée : elle cumulait, et la besogne ne lui manquait pas. La maison que nous habitions n'était
pas à nous ; mais nous savions que le propriétaire
avait envie de la vendre, et je crois bien que ma
femme avait déjà mis de côté quelques écus dans
l'intention de l'acheter. Elle trouvait, non sans

quelque raison, que c'est un premier avantage
d'être maître chez soi et de n'avoir pas de loyer à
payer. Bref, tout aurait été pour le mieux, malgré
notre pauvreté, si je n'avais eu un défaut, un
satané défaut malheureusement trop commun :
j'aimais à boire. Cela m'était venu de jeunesse,
sur mon tour de France, car, tel que vous me
voyez, j'ai fait mon tour de France comme compagnon du Devoir, et, avant que d'être patron, j'ai
longtemps travaillé et peiné pour les autres.

« J'aimais donc à boire. Le matin, quand le ciel
est gris et terne, les ouvriers se disent entre eux
qu'avant de se mettre à l'ouvrage il faut vider un
verre pour combattre le mauvais air. Lorsque la
journée au contraire promet d'être belle, on se
salue en se disant : « Beau temps, l'ami, ce matin, »
et, sans s'être donné le mot, on s'en va boire encore
un verre, pour n'en point perdre l'habitude. Si la
chose se bornait toujours là, il n'y aurait pas grand
mal ; ce ne serait qu'une vingtaine de francs de
perdus sur le budget de l'année. Seulement, il y a
un malheur : c'est que lorsque l'on se trouve, à

huit ou dix, réunis autour d'une table de cabaret,
l'on ne se contente ordinairement pas d'une simple
tournée. Il arrive trop souvent que chacun veut
payer la sienne, et alors c'est le diable pour se
décider à s'en aller. Et puis, comment travailler,
d'ailleurs, après de semblables libations? On se
sent mal aux cheveux, les pieds ne sont pas sûrs;
le plus sage est encore de rentrer au logis. On
revient donc à la maison. Dire que l'on est de
mauvaise humeur me paraît inutile, et, pour peu
que la femme — comme c'est son droit en pareil
cas — ne se montre pas bien satisfaite non plus,
ce sont des reproches, des explications; ce sont
des scènes!

« Il y avait alors, à l'entrée du village, une petite maison basse, à la toiture de chaume, dont
vous ne trouveriez plus trace aujourd'hui. C'était
l'auberge de la mère Marion. Un gui pendait au-
dessus de la porte. Deux fenêtres à petites vitres
carrées s'ouvraient sur la rue. Le crépi se déta-
chait des murs. Une vraie bicoque. On sentait,
rien qu'à la regarder, je ne sais quelle odeur de

17

mauvais gîte. Au dehors, c'était laid; au dedans,
c'était sombre. Quand un rayon de soleil pénétrait
en ce lieu, il avait l'air de ne savoir où se poser. Et,
de·fait, la maison n'avait pas bonne réputation.
Marchands de balais et braconniers y tenaient parfois la nuit des conciliabules dont le respect de la
propriété ne faisait pas toujours absolument les
frais. Seulement — et cela prouve bien que les
plus mauvaises choses peuvent avoir leur bon côté
— le cabaret de la mère Marion était réputé pour
la qualité des diverses boissons qu'il offrait à ses
consommateurs. Il y avait là certain vin blanc
dont on parlait jusqu'à Beautheil, Touquin, Pommeuse et autres lieux. Je ne sais d'où la mère
Marion le tirait; mais pour un fameux vin blanc,
c'était un fameux vin blanc, et quand, additionné
de sucre et de citron, le clair et savoureux liquide
pétillait dans le saladier à fleurs bleues dont la
vieille aubergiste se servait pour· faire ses *mar-
quises*, un saint, un anachorète, mieux encore : un
vrai disciple du Coran, se serait damné pour en
boire. Le vin rouge· arrivait de Bourgogne en

droite ligne : ce n'était pas de ces liquides épais et
noirâtres, à couper au couteau, dont la vue seule
vous rassasie un homme comme s'il avait beaucoup mangé, mais quelque chose, au contraire, de
rayonnant, de pimpant, de léger, et qui semblait
chanter dans le verre. Tout cela, servi dans ce
bouge obscur, faisait une violente antithèse à l'air
malsain et désolé de l'endroit. Et, quant à l'eau-de-
vie, elle était sinon fine de goût, du moins forte en
alcool et d'excellente provenance. Aussi fallait-il
voir la vogue des petits verres de la vieille cabaretière : il n'était fils de bonne mère, parmi les ouvriers du pays, qui n'en absorbât chaque matin sa
petite demi-douzaine.

« Or, un jour que je me rendais au travail, il
m'arriva de m'attarder au cabaret de la mère Marion, et de passer de l'eau-de-vie au vin blanc, du
vin blanc au vin rouge, sans penser le moins du
monde à mal et sans me rendre compte du temps
et de l'argent perdus. Nous étions là six ou sept,
parmi lesquels un ivrogne émérite venu jadis on
ne savait d'où, et qui se nommait d'un nom étrange :

Martin Lereboucart. Ce Martin Lereboucart n'était
pas un ouvrier comme nous autres : c'est tout au
plus s'il trouvait le temps, un jour sur sept, d'exer-
cer tantôt le métier de bûcheron, tantôt celui de
laboureur; on le soupçonnait, en revanche, de se
livrer à la *braconne* et d'exploiter, à son profit, les
fourrés giboyeux de la forêt de Malvoisine. Le
bruit avait même couru jadis qu'un garde-chasse
avait été tué par lui : une façon d'échapper à la
correctionnelle. On rencontre un brave garçon
dont le devoir est de vous dresser procès-verbal :
un coup de fusil vous débarrasse de l'importun et
de son témoignage. On était braconnier, on devient
criminel; mais on n'est pas dénoncé, et l'on peut
continuer tranquillement son honnête petit commerce. Oh! l'horrible passion que celle du bracon-
nage! et dire que si je m'étais laissé aller à l'ivrognerie, -- car tout se tient dans la vie, et les
vices sont entre eux comme les anneaux d'une
même chaîne, — dire que si je m'étais laissé aller
à l'ivrognerie, je serais peut-être devenu, moi
aussi, par la suite des temps, un Martin Lere-

boucart! Cela fait frémir rien que d'y penser.

« A la vérité, ni mes camarades ni moi n'avions jamais recherché la compagnie de ce Martin : nous l'aurions plutôt évité; mais ce matin-là il était avec nous, buvant, jurant, sacrant, jouant aux cartes, racontant des histoires, et chantant dans sa barbe rousse toutes sortes de refrains que je ne vous redirai pas, mais qui avaient le privilège d'égayer au plus haut degré la vieille Marion. La cabaretière, au surplus, n'était pas seule à rire, et, pour dire les choses comme elles sont, tout le monde s'amusait. Moi, pourtant, de temps à autre, je regardais du côté de la porte. Déjà, vers neuf heures, il m'avait semblé voir apparaître dans la rue l'image bien connue de ma ménagère, inquiète de ne pas me voir rentrer pour le déjeuner. Apercevant ma bisaiguë dressée contre le mur, auprès de l'entrée du cabaret, elle avait compris que j'étais là. Un moment même, j'avais craint qu'elle ne poussât plus avant sa démarche; mais, en entendant les chants, les éclats de voix, les rires qui s'échappaient de ce lieu de libre joyeuseté, la brave femme n'avait pas osé. Elle s'était retirée; cependant j'aurais volontiers juré qu'elle n'était pas loin, et que, profitant de l'angle ombragé d'une haie de sureaux peu distante de l'auberge, elle y venait par instants pour épier encore.

« Je n'étais donc pas fort tranquille. Néanmoins je faisais bonne contenance et tâchais de m'amuser comme les camarades. De moment en moment, la gaieté devenait plus bruyante. C'était un vacarme à rendre sourds les vivants, à rendre l'ouïe aux morts. On se querellait même un peu; et j'ai bien compris depuis ce jour-là que ce n'est point lorsque les gens crient le plus fort qu'ils s'entendent le mieux. Mais tout cela n'était rien. En somme, les affaires marchaient; les bouteilles se vidaient, que c'était merveille; la mère Marion était contente, et nous étions tous satisfaits, lorsque, vers les quatre heures, la porte s'ouvrit si violemment que tout le monde à la fois se retourna. J'avais mon verre à la main et me préparais à le boire au moment où la porte s'ouvrit.

« — Tiens, tiens, c'est la Noiraude? fit la

Marion. Est-ce que vous avez besoin de quelque chose?

« La femme qui venait d'entrer était grande, sèche, maigre. Son teint basané et ses cheveux noirs lui avaient valu son surnom.

« — Oui, répondit la Noiraude, j'ai besoin de mon homme.

« Et se tournant vers Martin Lereboucart : — Voyons, lui dit-elle, Martin, est-ce fini de boire? Pas de pain à la maison, des enfants en guenilles!.. On a beau être dévouée, on a beau être courageuse ; on finit bien par se lasser. J'en ai assez, vois-tu, Martin, de cette vie-là!

« Martin ne répondit pas : il se contenta de lever le poing; et, comme on voulait l'en empêcher, il s'échappa de nos mains et se précipita en avant.

« — Par exemple! fit-il.

« La Noiraude avait reculé. Elle avait remonté les deux marches et se tenait debout sur le seuil, les narines frémissantes, partagée entre la colère et la peur. Martin avait les yeux fixés

sur elle ; leurs regards se rencontrèrent. Alors
elle se prit à trembler. La peur avait vaincu la
colère.

« — Je m'en vais, murmura-t'elle, je m'en vais,
Martin.

« — C'est cela, fit-il, va-t'en, — et, comme pour
la faire partir plus vite, lui posant la main sur la
poitrine, il la repoussa violemment.

« Croyant la querelle apaisée, j'avais repris mon
verre pour le porter à mes lèvres, lorsqu'un cri
d'horreur poussé par mes camarades me fit tourner
la tête vers la porte.

« Étendue sur le côté, immobile et comme
morte, la Noiraude était là, gisante, sur le pavé.
Un flot de sang s'échappait de sa tempe gauche
et rougissait les pierres du chemin. Ses yeux
grands ouverts semblaient plonger dans le vide...
le vide du néant ou de l'éternité. Une de ses
mains, la droite, légèrement levée, paraissait invo-
quer la justice du ciel. Quant à Martin Lereboucart, il était demeuré froid, raide et comme stupéfait en face de sa victime. Cette femme, en

somme, il l'avait aimée, de sa façon à lui, comme un mâle sa femelle...

« Cette vue me dégrisa. D'un geste brusque, je repoussai le verre que je portais à mes lèvres, comme si le vin que j'allais boire avait été le sang de cette malheureuse, et sans rien écouter, la tête basse, éperdu, je m'échappai, tout courant, de cette maison maudite, et me dirigeai vers ma demeure, où devait m'attendre ma femme. Je me souviens pourtant que, au moment où je passais devant la porte du cabaret, je vis Martin Lereboucart se pencher au-dessus du corps de la Noiraude, et que celle-ci, soulevée par cette force invisible que le ciel réserve quelquefois aux mourants, retrouva juste assez de vie pour dire tout bas, à son mari, avec une expression indéfinissable : « Comme le garde-chasse, alors? » Et ce fut tout; la main élevée vers le ciel se détendit et retomba. Moi, je fuyais toujours. Arrivé près de la haie de sureaux qui fait l'angle du chemin, j'aperçus ma femme, qui de loin avait assisté, toute pâle, à cette horrible scène. Elle me suivit en courant jusqu'à notre porte, qu'elle franchit juste à temps pour me voir m'affaisser sur une chaise, au coin de l'âtre.

« — Oh! c'est horrible! murmurai-je.

« Et je fermai les yeux comme pour m'endormir. L'émotion m'avait anéanti.

« Ma femme alors, doucement, délicatement, me prodigua ses soins et ses consolations.

« Quand je fus revenu à moi :

« — Sais-tu, Jean? me dit-elle, c'est triste, ce qu'on dit! eh bien, Martin Lereboucart s'est tué tout à l'heure d'un coup de fusil. Voilà de pauvres petits enfants que quelques malheureux verres de vin ont rendus orphelins.

« — Nous leur viendrons en aide, lui répondis-je.

« Et je me dirigeai vers le berceau de ma chère petite fille, que je n'avais pas embrassée depuis le matin.

« — Chut! me dit ma femme, elle dort; ne va pas la réveiller. La pauvre chère a été mal soignée aujourd'hui. Je suis si souvent sortie pour voir si tu te décidais à rentrer ! Et puis, j'étais de mauvaise humeur contre toi. Elle en a pâti. C'est comme ça toujours, vois-tu, mon pauvre homme : lorsque dans un ménage l'un ou l'autre se dérange, tout s'en ressent dans la maison, tout souffre, tout va mal.

« — Oui, tu as raison, lui dis-je, j'ai dépensé mon temps, mon argent ; c'est pour moi une journée de perdue, et tu as mal employé la tienne, tout cela par ma faute... sans compter que... ah ! tiens, j'ai là, sur la poitrine...

« Je me mis à pleurer sans pouvoir terminer ma phrase. Les sanglots m'étouffaient.

« — Allons, Jean, mon cher Jean, calme-toi, me dit ma femme. Aimons-nous bien, et faisons notre devoir : c'est le moyen d'être heureux.

« Me prenant alors par le cou, elle appuya ses lèvres sur mon front, et longuement, tendrement, nous nous embrassâmes.

« — Il ne faut pourtant pas que tout cela nous empêche de souper, me dit encore ma femme.

« — Ah ! je n'ai pas faim, lui répondis-je.

« — N'importe, essayons tout de même, répliqua-t-elle en disposant le couvert.

« Et quelques instants **après** nous nous mettions à table. Inutilement d'ailleurs ; les événements du soir nous avaient ôté l'appétit.

« — Bois du moins un peu de vin, me dit la Claudinette en remplissant mon verre.

« Mais il m'échappa aussitôt un tel mouvement de répulsion que ma femme me regarda, tout étonnée, se demandant si je n'étais pas devenu fou.

« — Femme, lui dis-je alors, à partir d'aujourd'hui, tu placeras toujours à côté de mon couvert une cruche d'eau sur la table.

« Et voilà comment de buveur de vin je devins buveur d'eau : pure, d'abord ; puis, peu à peu, grâce aux instances de ma ménagère, buveur d'eau rougie seulement. Au reste, je n'eus pas lieu de m'en repentir. Grâce à ce régime économique, la maison que nous habitions devint tout à fait nôtre avant la fin de l'année. Désormais nous pûmes dire que nous étions chez nous. Depuis, nous l'avons fait réparer et embellir de la manière que vous

voyez, car c'est celle où j'ai le plaisir de vous recevoir aujourd'hui.

« Deux ans après l'acquisition de notre maison,
le père Morissot se retirait des affaires et me cédait
sa clientèle. C'était en 46, le jour de la Saint-Martin. J'étais encore jeune alors ; je suis vieux aujourd'hui ; mais n'importe, j'ai bien travaillé, bien
étudié, bien prospéré ; ma fille est bien établie ; je
suis content. »

La pluie avait cessé. Mon hôte ouvrit la fenêtre
aux fraîches émanations qui s'élevaient du jardin.
On entendait au loin, vers l'est, les derniers gron-
dements de l'orage. Bientôt même, ces derniers
roulements cessèrent. Au-dessus de la contrée,
le ciel était redevenu bleu : du haut en bas de la
côte, on voyait la verdure, encore humide de
pluie, étinceler au soleil.

— Allons, fis-je en me levant, merci de votre
hospitalité, monsieur Thomasset ; mais il faut que
je m'en aille.

Le brave homme chercha à me retenir encore

quelque temps, disant qu'il serait sage à moi
d'attendre que les chemins fussent un peu séchés.
A la fin pourtant, je sortis.

— A charge de revanche quand vous viendrez à
Coulommiers, lui dis-je en lui serrant la main.

— Bon, bon, fit-il, comptez sur moi.

Puis, me regardant dans le blanc des yeux :

— Surtout, me dit-il, n'allez pas vous aviser de
raconter mon histoire dans votre journal.

— Soyez tranquille, lui répondis-je, je la racon-
terai dans un livre.

Le brave homme partit d'un éclat de rire.

— C'est différent, fit-il. Mais, après tout, vous
êtes bien libre : faites donc comme vous voudrez.

— C'est cela, lui dis-je.

Nous nous serrâmes une dernière fois la main,
et je partis.

2 octobre 1878.

FIN DU RÉCIT D'UN BUVEUR D'EAU

LES PEUPLIERS

DE

JEAN LEFÈVRE

A MONSIEUR L. DE MONTAUT

LES PEUPLIERS

DE

JEAN LEFÈVRE

J'avais, en ce temps-là, des arbres que je voulais vendre, et j'allai trouver un matin mon cousin Dufresne, un vieil excellent homme, à qui j'exposai brièvement mon affaire et qui me dit bonnement, après m'avoir entendu : « Dame ! faudra voir ça, cousin ; cousin, faudra voir. »

Le père Dufresne, que vous connaissez peut-être, fait en grand, en très grand, le commerce des bois. Il habite à mi-côte, dans mon voisinage, entre Pommeuse et Guérard, dans cette belle vallée du Morin, que j'aime plus que tout au monde, parce qu'elle est vraiment jolie et que j'y suis né, une petite maison charmante, entre cour et jardin,

18

entourée de champs qui lui appartiennent en propre et qui rapportent, bon an mal an, un assez joli revenu. Les Dufresne sont, comme vous savez, fort bien posés dans la contrée : il y a les Dufresne-Maricot, les Dufresne-Petitjean, les Dufresne-Camuset, les Dufresne-Lefèvre, enfin les Dufresne-Dufresne, tous honorables commerçants, gros cultivateurs ou notables bourgeois qui, depuis quelque chose comme quatre-vingts ans, n'ont fait que s'arrondir et prospérer de père en fils. Ce sont des gens dans lesquels on peut avoir la plus grande confiance ; et, pour sa part, mon cousin le marchand de bois a trouvé le moyen, par les excellents conseils qu'il donne à quiconque veut le consulter, de se greffer sur cette réputation d'honnêteté scrupuleuse un renom incontesté de prudence consommée et de sagesse parfaite.

Il est bon de vous dire qu'au moment où je cherchais à vendre mes arbres, deux magnifiques rangées de peupliers tous hauts comme la tour de Coulommiers, mais plus droits et plus solides qu'elle, j'étais sur le point de me marier avec une riche héritière à qui je voulais offrir une corbeille digne de sa fortune et de la mienne. Entre gens cossus, il ne faut pas regarder de trop près à la dépense, et d'ailleurs, comme dit bien le proverbe, qui n'est pas toujours vrai, on ne se marie qu'une fois en sa vie.

Malheureusement, cette année-là, mon fermier Claude Leroux avait éprouvé de grosses pertes. Un bon garçon pourtant, ce Claude Leroux, mais une espèce d'original qui ne veut pas entendre souffler mot des compagnies d'assurances. Il est, sur ce chapitre-là, routinier comme pas un. Vous aurez beau vouloir lui remontrer les avantages de ces sortes d'associations, il détournera la tête, ne vous écoutera point, et de toutes vos sages paroles autant en emportera le vent. Enfin ! c'est comme cela : chacun a ses faiblesses. Claude Leroux, donc, avait éprouvé de grosses pertes. L'épidémie avait passé par son étable et l'avait vidée : douze belles vaches grasses et cinq génisses avaient succombé dans l'espace d'une semaine. Le sang de rate et la clavelée, ces fléaux des bêtes à laine, avaient ensuite fait leur apparition dans le pays et s'étaient abattus sur son troupeau, frappant à droite, à gauche, sans cesse et sans relâche, à tel point que l'emploi du berger menaçait de devenir une sinécure, et que si Claude Leroux avait eu le cœur à la joie, il eût pu faire danser, au milieu de sa bergerie, toute la rustique jeunesse des alentours, sans gêner aucunement le restant de son troupeau. Enfin son écurie n'avait pas été davantage épargnée : deux de ses chevaux étaient morts du charbon, un autre des tranchées, un quatrième s'était tué raide en descendant la côte de La Chapelle avec une charrette trop pesamment chargée. Les laboureurs n'étaient plus occupés qu'à creuser de grands trous pour enfouir les victimes. C'était à croire que la malédiction du bon Dieu était tombée sur la ferme et sur le fermier. Naturellement il avait fallu remplacer tout cela, et dame! le bétail coûte cher! Bref, le pauvre Claude Leroux n'avait pu me payer son loyer, et j'avais même dû lui faire quelques avances, mettant ainsi ma caisse à sec dans l'intérêt de ses affaires et des miennes.

Je ne suis pas de ces capitalistes qui vous ont de grosses sommes placées sur le Trésor public, les chemins de fer, les voitures, les omnibus, les journaux, les mines de toutes sortes de choses, les bateaux à vapeur, le diable et son train ; ceux-là, pour entendre des espèces leur tomber dans la poche, n'ont qu'à se présenter dans les bureaux d'un agent de change ou devant le grillage de fer des guichets de l'Etat. Moi, c'est bien différent : toute ma fortune est dans ma ferme et dans les champs qui lui servent de dépendances : elle s'étale sans mystère, sur la colline et dans la plaine, au grand soleil qui l'éclaire et qui la fait valoir. J'avais par conséquent besoin d'argent ; emprunter ne me plaît point, et, comme dans les grandes occasions il faut faire flèche de tout bois, je m'étais décidé, faute de mieux, à faire argent de mes peupliers.

Vous connaissez cette belle avenue, longue d'un demi-kilomètre, qui conduit du grand chemin communal jusqu'au seuil de ma porte. Oh ! ce n'est pas sans peine que j'avais pris cette résolution : des arbres que votre père a plantés au jour de votre

naissance et que vous avez vus grandir de plus
d'un pied chaque année, tandis que, de votre côté,
vous grandissiez à peine d'un pouce; des arbres à
l'ombre desquels vous avez joué pendant votre
enfance et rêvé pendant les beaux jours de votre
première jeunesse; des arbres enfin que tout le
monde admire et qui font que le passant, les
voyant si bien alignés, si fiers et si gros, s'arrête
en contemplation pour s'informer du nom de leur
propriétaire; des arbres comme ceux-là, dont la
cime verdoyante va porter jusqu'aux nues la chanson des oiseaux : ce sont, je vous le déclare sans
craindre la raillerie, ce sont de vieux amis que l'on
chérit tendrement dans un coin de son cœur; et,
si vif et si pressant que soit le besoin d'argent qui
vous tourmente, croyez-moi, camarades, on ne les
vend pas, on ne s'en défait pas, on ne les livre pas
à la hache volontiers.

Cependant ma résolution était bien arrêtée, et
quand le cousin Dufresne vit que mes paroles
n'étaient pas une vaine plaisanterie, quand il eut
entendu, d'un air distrait, les motifs de ma déter-

mination, il chaussa ses grosses bottes à talons
ferrés, prit son bâton d'épine noire à pomme d'argent, et me dit tranquillement : « Voilà qui est fait,
cousin ; allons donc voir tes peupliers. »

On était alors en avril, et la campagne était
charmante. Nous prîmes le sentier rocailleux qui
grimpe en serpentant à droite dans la côte, à travers les *murgers*. Il n'y a rien de joli, les matins
de printemps, comme ces sentiers pierreux ombra-
gés de haies pleines de parfums et de rosée. Le
soleil qui montait faisait luire des myriades de
petites étoiles scintillantes dans la neige des buissons d'aubépines fleuries. Au bas, dans la vallée,
sur les vertes prairies qui longent le Grand-Morin,
on voyait les vapeurs matinales se dissiper à la
lumière. Quelques traînées de buées restaient
accrochées, de ci, de là, à la pointe des arbres :
c'étaient comme de grands pans de gaze légère
qu'un souffle d'air soulevait en passant et qu'un
autre souffle d'air emportait en lambeaux dans
l'espace infini. On entendait de toutes parts, au
loin, le chant des coqs dans les basses-cours, le

beuglement des vaches qu'on menait à l'abreuvoir, les cris des laboureurs conduisant la charrue. ——

« C'est bon de se promener par ce temps-là ! » me dit le cousin Dufresne en se retournant à demi, car le sentier est étroit, et des amoureux seuls peuvent y passer à deux.

Et, tirant de sa poche sa grosse pipe de bruyère à couvercle de cuivre, il se mit à la bourrer méthodiquement, tout en continuant sa marche, la canne sous le bras.

Je le suivais silencieux, pensant à je ne sais quoi, marchant machinalement, comme on ferait en rêve.

« Il n'y a rien que j'aime comme de me promener par un temps pareil ! » reprit le cousin Dufresne après quelques instants.

Et comme je ne m'empressais pas de l'approuver ou de le contredire :

« Ah çà, fit-il, cousin, à quoi penses-tu donc ? Je n'y comprends rien. Tout à l'heure, chez moi, tu jasais, tu jasais... à ce point même que, si je t'avais encouragé le moins du monde dans tes confidences, tu m'aurais peut-être appris bien des choses dont je n'avais que faire ; et maintenant, quand je te parle pour égayer la route, tu n'as pas l'air de m'écouter et restes la bouche close ! Ce n'était vraiment pas la peine de tomber chez moi comme une bombe au lever du soleil ! Que diable ! on ne s'avise pas de venir prendre un honnête marchand de bois au saut du lit, de lui parler d'un beau lot d'arbres dont il vous plaît de battre monnaie, pour le bouder ensuite ainsi que tu fais en ce moment ! Voyons, cousin Jean Lefèvre, qu'est-ce qui t'ennuie ? qu'est-ce qui te tourmente ? Aussi bien, nous voici tantôt au haut de la côte ; déjà l'on aperçoit les cimes de ta double rangée d'arbres ; arrêtons-nous un peu, et causons. »

Avisant alors une large pierre plate qui formait l'angle d'un murger, le cousin Dufresne s'y assit, alluma sa pipe et m'invita du geste à prendre place à côté de lui.

Il était vraiment à peindre en cette posture, le cousin Dufresne, avec sa mine un peu fâchée, mais si bonne, ses grands yeux clairs braqués directement sur moi, tandis que de sa bouche s'échappait en gentilles spirales bleues la fumée odorante. Son costume de velours brun à côtes et ses grandes bottes de cuir jaune s'harmonisaient admirablement avec les tons basanés de son teint. On voyait tout de suite, à son allure décidée et franche, que c'était l'homme du grand air et du soleil. De son chapeau de feutre mou descendaient à foison, jusque sur le col immaculé de sa chemise, les boucles épaisses de sa chevelure grisonnante. Jamais je ne l'avais si bien vu que dans cette minute-là. Je comprenais maintenant pourquoi tout le monde l'aimait à plusieurs lieues à la ronde, et pourquoi tout le monde aussi l'estimait homme de grand tact et de parfait conseil.

« A présent que nous voici installés, me dit-il, après avoir aspiré silencieusement plusieurs bouffées de sa pipe, tu peux tout à ton aise me confier ton embarras; parle donc, cousin Jean Lefèvre, parle, je t'écoute. »

Parler, je n'aurais pas demandé mieux, mais je ne savais par quel bout commencer.

« Ce n'est pas le public qui nous gênera, fit encore le cousin Dufresne par manière de réflexion ; les oiseaux seuls pourraient nous entendre, mais ils ont pour l'instant bien autre chose en tête que de nous écouter. »

Il avait raison, le cousin Dufresne ; avril est la saison des nids, et ce n'étaient autour de nous que pépiements et que bruits d'ailes. L'endroit était, du reste, ainsi qu'il le disait, merveilleusement choisi pour échanger des confidences. Du haut en bas de la colline, au-dessus des lopins de terre délimités par ces sortes de petits murs en pierres sèches qui donnent leur nom aux murgers, les pentes, avec leurs ondulations gracieuses, nous apparaissaient toutes blanches et toutes roses d'arbres fruitiers en fleur. A peine si de loin en loin on apercevait quelque brave paysan occupé dans sa vigne.

« Tu disais donc, reprit le cousin Dufresne pour entrer en matière, que tu voulais me vendre ton lot de peupliers ?

— Dame, cousin..., » répondis-je.

Et je lui dévidai tout le rouleau : à savoir, comme quoi depuis longtemps j'avais remarqué la fille de M. Gaubertin, l'adjoint au maire de notre village, et comme quoi M. Gaubertin, dont les propriétés sont attenantes aux miennes, était venu me rendre visite à plusieurs reprises, et chaque fois avait amené la conversation sur le mariage. Si bien que maintenant c'était une affaire décidée, arrêtée, conclue; que le mariage était fixé aux premiers jours de mai; enfin qu'il n'y manquait plus rien... que le consentement de la demoiselle.

« Plus que cela? demanda le père Dufresne. Vraiment! c'est peu de chose en effet.

— Oh! M. Gaubertin dit que sa fille est une personne bien élevée et qu'elle ne fera pas la moindre difficulté.

— Et c'est en vue de ce mariage que tu pensais à me vendre tes peupliers, cousin?

— Mais oui, cousin, mais oui, quoique, à la vérité, cela m'ennuie beaucoup de m'en défaire.

— Eh bien, veux-tu que je te donne un bon conseil? Laisse sa fille à M. Gaubertin et garde tes peupliers.

— Comme vous y allez!

— C'est comme cela, cousin.

— Une affaire décidée...

— Arrêtée, conclue, tu l'as déjà dit, mais à laquelle il ne manque plus que l'approbation de la demoiselle à marier...

— Vous voulez donc que je reste garçon?

— Ma foi, je ne veux rien; seulement, si tu m'en crois, tu porteras tes vues ailleurs que sur Mlle Gaubertin.

— En est-il une plus charmante, plus aimable, plus jolie?

— Non certes.

— Et suis-je donc si vieux et si déjeté que je ne puisse lui plaire?

— Je n'entends pas dire cela.

— Et, si je puis lui plaire, pourquoi voulez-vous que je porte mes vues ailleurs?

— Pourquoi, cousin, pourquoi?... eh bien, je

vais te le dire. Parce qu'elle te connaît à peine et qu'elle en aime un autre.

— Elle en aime un autre? Et qui donc, monsieur Dufresne, prétendez-vous qu'elle aime? »

Etant profondément vexé, je l'appelais monsieur, je ne disais plus cousin.

« Je ne prétends rien : je dis.

— Mais qui, monsieur Dufresne, mais qui dites-vous qu'elle aime?

— Connais-tu ce jeune docteur arrivé récemment dans le pays?

— Comment! cet étranger? ce petit Delmazurier?

— Eh! oui, cet étranger, ce petit Delmazurier. Un étranger des environs de Melun! Il est charmant, ce jeune homme; je ne sais s'il a de l'esprit, mais il a du talent et du cœur. Non content de faire d'admirables cures, il sait se dévouer pour son prochain. L'autre mois, en plein hiver pourtant, ne s'est-il point jeté à l'eau pour sauver une vieille femme qui se noyait sous la roue du moulin de Prémol? Tout le monde n'est pas capable de ces

choses-là, et j'estime, pour ma part, que la jolie
Mlle Gaubertin n'a pas trop mauvais goût.

— Mais il n'a rien, ce Delmazurier! il est gueux
comme un rat d'église.

— Avec de l'argent on a des flûtes... et du pain
aussi, je le sais, cousin Jean Lefèvre; mais avec
du talent et du courage il est bien rare qu'on
n'arrive pas à gagner de l'argent.

— Et en attendant...

— En attendant, ce petit Delmazurier, comme
tu dis, n'est point du tout à plaindre... Il va, vient
où le devoir l'appelle, travaille beaucoup, en
somme, et, content de peu, confiant dans l'avenir,
vit sobrement, en compagnie de sa vieille gouver-
nante, dans sa petite maison blanche aux volets
verts, au coin de la grand'rue. Il a la jeunesse,
l'espérance et l'amour; va, va, cousin Jean Lefèvre, à chacun son lot; si c'est être riche qu'être
sage, et sage qu'être heureux, le sort de ce gar-
çon-là devrait nous faire envie; dans sa condition
modeste et toute de dévouement, ce petit médecin
de village est bien plus riche que nous. »

En prononçant ces derniers mots, la voix du vieux marchand de bois s'était élevée jusqu'aux accents de l'enthousiasme ; sa physionomie s'était en même temps animée jusqu'à l'attendrissement. Secouant alors sur son pouce la cendre de sa pipe, il s'occupa de remplir de tabac le vide qu'elle avait laissé dans le fourneau de bruyère, puis, s'étant remis à fumer, reprit la parole en ces termes :

« Voyons, cousin, écoute. Tu pourras toujours, comme tant d'autres, me traiter de sermonneur après. Il en est des hommes comme des arbres : il y en a de toutes sortes et de toutes les essences. Tandis que les uns se contentent de pousser avec l'âge, tout doucement, indolemment, et pour ainsi dire forcés par les règles ordinaires du temps et de la nature, il en est d'autres qui, nés dans des conditions égales, croissent et grandissent avec vigueur. Ceux-là se développent, pour ainsi dire, extra-naturellement ; il semble qu'ils puisent de la force et de la sève en eux-mêmes. Transplantés sur un sol ingrat, battus des vents, fouettés par la tempête, ils résistent, se couronnent de verdure et

continuent de grandir. Leur sève est faite de résolution, leur force de volonté! Notre pays de Brie
produit parfois de ces hommes et de ces arbres-là.
Moi, qui te parle, — et je pourrais te citer de plus
brillants exemples, — j'ai eu pour grand-père un
tâcheron qui gagnait quinze sous par jour, et je
possède, à l'heure qu'il est, sur les territoires de
Pommeuse, de La Celle et de Guérard, cinq à six
mille francs de rentes qui fleurissent au soleil. Et
ce que mon grand-père, mon père et moi nous
avons fait de notre côté, ton grand-père et ton père
l'ont fait du leur, à ton bénéfice, n'espérant peut-
être d'autre salaire sur la terre que de voir leur
enfant profiter de leur exemple et de leurs leçons.
Mais toi, cousin Jean Lefèvre, soit dit sans re-
proche, qu'as-tu fait jusqu'ici? Tu n'as pas vécu,
tu t'es laissé vivre. Je reconnais que les circonstances t'étaient contraires : orphelin de bonne
heure, abandonné aux soins d'un tuteur négligent,
tu n'as pas eu la chance heureuse; mais, il faut le
reconnaître aussi, la résolution t'a manqué. Intelligent, tu n'as appris à l'école du village et au col-

lège que la superficie des choses; né pour être actif, tu n'as fait que rêver, tu n'as pas agi. Toutes tes expériences, toutes tes entreprises ont échoué, faute d'application et de volonté. »

Ici, le cousin Dufresne s'arrêta, puis, avec un accent de douceur et de bonté qui me toucha vivement :

« Pardonne-moi, fit-il, de te rappeler ces choses : ce n'est pas pour perdre mon temps à railler que, moi, je te les dis.

— Allez toujours, cousin, répondis-je d'un ton humble et soumis, car je reconnaissais la justesse de ses observations.

— Je te disais donc, reprit-il d'une voix plus grave, que toutes tes expériences, toutes tes entreprises ont échoué, faute d'application et de volonté ! C'est ainsi qu'on t'a vu tour à tour, dans l'espace de quelques années, agriculteur sur tes propres terres, marchand de grains et de fourrages, entrepreneur de travaux publics... Possible que j'en passe ! Agriculteur, tu voulais faire grand, mais la science te manquait ; tu te ruinais en essais de tout genre, inventant des charrues qui ne labouraient pas, des herses qui ne hersaient pas, des semoirs qui ne semaient pas. — Marchand de grains et de fourrages, tu ne savais choisir ni l'heure de l'achat ni le moment de la vente, tu te laissais voler sur la qualité comme sur la quantité, et je me souviens d'avoir entendu dire, à propos de je ne sais quel lot de foins de marécage dont tu ne pouvais te défaire, que si tu ne trouvais pas à revendre ta marchandise, tu finirais peut-être bientôt par te décider à la manger. C'était une méchanceté tout simplement, mais ce ne sont ni les méchantes langues ni les méchantes gens qui manquent en ce bas monde! — Entrepreneur de travaux publics, tu te laissais tromper par tes fournisseurs, tu ne surveillais pas tes ouvriers; aussi les matériaux et le travail étaient-ils mauvais. Ton pont sur le Morin a fait époque dans la vallée : elle était ravissante, cette arche de cintre surbaissé, hardie, élancée, légère, qui semblait s'appuyer à peine sur les deux rives. On disait : « Quel beau pont! Comme cela vous a été crânement dessiné, et quel mer-

veilleux architecte que ce M. Jean Lefèvre! » Et,
de fait, les plans et devis de l'ouvrage étaient
supérieurement traités; mais la construction était
défectueuese, et le jour où l'on s'avisa d'en faire
l'essai, ce magnifique pont, ce merveilleux pont,
qui causait l'admiration de tous et dans lequel en
secret tu t'admirais toi-même, s'affaissa piteuse-
ment sous la charge et tomba tout d'un bloc, avec
ta gloire, hélas! au fond de la rivière. — Tout cela
dans l'espace de quelques années. Si bien que,
arrivé à l'âge de trente ans sans avoir pu mener la
moindre affaire à bonne fin, tu t'es dit un beau
jour : « Ma foi! restons-en là. Grâce à la pré-
voyance de mes parents, je suis propriétaire; c'est
un assez joli métier : vivons de mon métier. » A
quoi je ne trouve rien à redire, car c'était, à mon
avis, très sagement raisonné. Peut-être en effet
vaut-il mieux ne rien faire du tout que de faire mal
ce que l'on fait. Maintenant, tu parles de mariage.
As-tu jamais pensé sérieusement au mariage? Je
sais bien que, deux ou trois fois depuis dix ans, le
bruit a couru que tu te marierais prochainement;

mais, pour cela comme pour autre chose, la résolution t'a manqué. Tout à l'heure encore, pendant
que nous gravissions la côte, tu te demandais si
vraiment il allait te falloir faire le sacrifice de ta
belle avenue de peupliers. Car je l'ai bien deviné,
va, c'était cette pensée qui te mettait de mauvaise
humeur. Eh bien, je te le demande : est-ce là la
marque d'un amour bien grand? Et puis, cette
union qui se traite comme un marché, sans l'assen-
timent de la fille, ça te chiffonnait un peu, cousin,
sois franc; et cela pouvait bien, effectivement, ré-
pugner à ton cœur honnête.... Crois-moi, cousin,
crois-moi, laisse aller les choses. Continue de vivre,
comme tu vis, en bon rentier, qui, satisfait de son
sort, ne veut mettre sa joie qu'à faire un peu de
bien. Et si plus tard, enfin, tu rencontres une
femme qui te plaise et à qui tu plaises, n'eût-elle
rien en dot, épouse-la; lors même que tu n'aurais
pas d'arbres à vendre, ma caisse te sera toujours
ouverte, en cas de besoin, pour les achats de la
corbeille, et tu n'auras ni reconnaissance à sous-
crire, ni intérêts à me payer : ce sera moi au con-

traire qui te dirai merci. Car il n'y a rien de si bon au monde, vois-tu, Jean Lefèvre, que d'être serviable à son prochain et agréable à ses amis. »

Après avoir ainsi parlé, le cousin Dufresne se leva, ralluma sa pipe qui s'était éteinte et se remit en marche, disant :

« Pendant que nous sommes en train, allons toujours voir tes peupliers. »

Nous débouchions sur le plateau, où s'alternaient les champs d'avoine et de blés verts. Au bout de quelques minutes, nous arrivâmes en face de mon avenue.

« Ils sont fort beaux, ces arbres, fit alors le marchand de bois, et l'on en pourra tirer plus tard des planches et des madriers superbes. Seulement, pour le moment, c'est encore un peu jeune : trop d'aubier, trop d'aubier; c'est comme tes résolutions, vois-tu, cousin, ça n'est pas encore mûr. Dans quelques années, je ne dis pas... faudra voir, faudra voir ! »

Et se retournant brusquement : « Si cependant tu tiens absolument à faire affaire, je suis ton homme. En attendant, je t'offre à déjeuner chez moi. Il y a de l'anguille, de la carpe et des écrevisses du Morin dans le vivier ; et, dans la cave, un petit vin blanc pétillant qui me vient des coteaux de la Marne. Avec des œufs frais, du jambon, de la salade et de bon fromage de notre chère Brie, cela suffira, j'espère, pour nous faire vivoter un brin. Ensuite, nous prendrons tranquillement le vert chemin des bois ; nous irons ensemble visiter mes *ventes*, voir mes ouvriers : les bûcherons, les charbonniers, les scieurs de long, les fendeurs de lattes ; je ne perdrai pas mon temps, et cela te distraira. »

La proposition m'était faite si franchement qu'il y aurait eu mauvaise grâce à refuser ; sans trop m'inquiéter de ce que pourrait penser ma domestique en ne me voyant pas rentrer pour déjeuner, je suivis le cousin Dufresne et redescendis avec lui jusqu'à mi-côte dans sa charmante demeure.

Si le déjeuner fut copieux, je vous le laisse à penser. Le petit vin blanc des coteaux de la Marne était surtout délicieux. Aussi, dès avant le dessert,

ma tristesse s'était envolée. De quoi parlions-
nous? c'est à peine si je m'en souviens. Ce que
je sais bien, par exemple, c'est que j'étais parfaitement résigné à ne pas épouser Mlle Gaubertin, et que je n'en éprouvais ni chagrin ni
regret.

Le reste de la journée se passa comme il avait
été dit. J'eus l'occasion de voir de beaux chênes,
déracinés par la cognée du bûcheron, s'ébranler
sur leur base avec un gémissement lugubre, pencher leur cime où les bourgeons commençaient à
poindre, puis tomber avec un fracas terrible en
couvrant à vingt pas la terre de leurs branches.
Alors s'interrompaient, dans les taillis profonds,
les doux chants des oiseaux. On eût dit que la nature outragée voulait protester, par un silence
désapprobateur, contre cet attentat sinistre, contre
cette violation. Et je me réjouissais dans le fond
de mon cœur, en songeant que je n'aurais toujours
pas à voir de sitôt tomber ainsi mes peupliers.

Mais lorsqu'enfin, la journée achevée, nous nous
séparâmes, le cousin Dufresne et moi, à l'entrée

du sentier rocailleux que nous avions gravi le
matin ensemble, alors, — pourquoi le cacherais-
je ? — en pensant que j'allais retrouver ma maison
déserte, où je m'attablerais seul pour le repas du
soir, je me sentis tout doucettement redevenir
triste ; une réflexion me vint que peut-être le
vieux sermonneur avait été mal renseigné, que
peut-être le cœur de Mlle Gaubertin était encore
libre ; et, tournant à gauche au lieu de monter
à droite, je suivis le chemin qui conduit au village.

Ce que j'allais faire là, j'aurais été bien embarrassé de le dire. Toujours est-il que j'y arrivai, et
qu'aussitôt je me dirigeai vers la demeure de
M. Gaubertin.

C'est une habitation toute simple, assez retirée,
avec un grand jardin entouré d'une haie vive
toujours correctement et soigneusement taillée.

Comme je débouchais dans la rue, la nuit commençait à tomber ; et je sentis que mon cœur se
mettait à trembler dans ma poitrine comme une
feuille au vent.

Mais, arrivé à quelques pas de la maison,
qu'est-ce que je vis? Mlle Gaubertin causant
à voix basse, par-dessus la haie du jardin, avec
le jeune docteur arrêté dans la rue. Oh! c'était,
j'en jurerais, une conversation bien simple et bien
innocente. La haie seule les séparait; leurs fronts
inclinés se touchaient presque. Mais tous deux
avaient l'air plus embarrassé que je ne saurais
dire. Mlle Gaubertin levait à peine les yeux.
Pourtant je voyais bien, hélas! qu'elle se trouvait heureuse, et qu'heureux aussi, oui, certes,
bien heureux était le jeune docteur. Je ne voulus
pas troubler ce charmant entretien, et, m'éloignant
doucement de peur d'être entendu, je regagnai
pensivement mon logis, où ma servante me fit
l'accueil qu'elle devait après une absence aussi
prolongée.

Le dîner était prêt : tout cela vous avait un air,
ma foi! fort appétissant; mais je ne pus toucher à
rien, et je m'en allai dans ma chambre, où je de-
meurai longtemps à marcher en tous sens.

Finalement, comme il se faisait tard, je pris

place devant mon secrétaire et écrivis un billet que je signai, mis sous enveloppe et confiai à ma vieille domestique, avec ordre de le porter à son adresse le lendemain dès l'aube.

Voici quel était le contenu de ce billet :

« Mille pardons, cher monsieur Gaubertin, de ne vous pouvoir tenir parole ; mais il y a impossibilité absolue. Gardez donc votre fille, moi je garde mes peupliers. »

C'était brutal, je l'avoue, et cela pouvait avoir l'inconvénient de ne pas être clair, je le reconnais volontiers. J'ai su, depuis, qu'en lisant cette lettre M. Gaubertin était resté quatre ou cinq minutes bouche béante et comme pétrifié, se demandant à part lui si son ami Jean Lefèvre n'était pas devenu fou. Après quoi, donnant à ses deux grands chiens de chasse qu'on voyait toujours sur ses talons une distribution de coups de pied et de coups de cravache, il les mit à la porte et congédia en même temps ma pauvre vieille servante,

qui ne savait ce que tout cela voulait dire et s'en
revint toute piteuse à la maison. Prenant alors son
front à deux mains, M. Gaubertin s'assit auprès de
sa fenêtre, dans un vieux fauteuil usé, relut mon
billet et se mit à réfléchir. La chose certaine, la
chose évidente, c'est que j'avais le front de refuser
la main de sa fille. Il y a vraiment des hommes
qui se croient tout permis. Aussi la colère de
M. Gaubertin, déjà grande, ne faisait-elle que
croître et enlaidir.

Fort heureusement vint à passer le cousin Dufresne. Le cousin Dufresne n'était pas des amis de
M. Gaubertin, qu'il trouvait avare, ambitieux et
quelque peu méchant. Cependant, sur l'invitation
qui lui en fut faite, le vieux sermonneur entra chez
M. l'adjoint au maire et eut avec lui, dans son
cabinet, une explication complète à mon sujet. Je
ne sais pas comment le cousin Dufresne s'y prit;
mais ce qu'il y a de certain, c'est que, moins de
huit jours après cette entrevue, il n'était bruit,
dans la vallée, que du prochain mariage de M. Delmazurier, le petit médecin sans le sou, avec

Mlle Julie Gaubertin, la fille de l'adjoint au
maire.

Et ils se sont mariés, oui, vraiment ! M. Gaubertin faisait bien la grimace, mais on ne peut
cependant pas vouloir le malheur de son unique
enfant. Or, Mlle Julie avait déclaré qu'elle ne
se trouverait heureuse qu'à la condition d'épouser
M. Delmazurier. « Mais c'est la misère ! se récriait
le vieil avare. — Eh bien, mon père, qu'importe,
si j'aime mieux la misère avec lui que la fortune
avec un autre ! » Le mariage eut donc lieu, mais
sans grandes réjouissances, sans faste, sans éclat !
M. Gaubertin, croyant faire une fâcheuse affaire,
avait interdit la danse et les violons ; naturellement les mariés n'avaient point protesté : leur
cœur, pour bondir d'aise, n'avait nullement besoin de musique.

Quant à moi, je l'avoue, longtemps je suis demeuré triste, évitant de passer par le village, re-
cherchant la solitude, fuyant les fêtes, redoutant
le bruit. Maintenant c'est fini, bien fini ; je suis
aussi heureux que peut l'être un homme qui se

porte bien, mange bien, dort bien, n'a pas de soucis, et dispose de huit mille livres de rente. J'aime, comme vous voyez, la compagnie, la gaieté, les bons repas, les vins généreux et les joyeuses histoires après boire; ce qui ne m'a pas empêché de vous raconter la mienne, qui n'est pas des plus gaies. Mais ce que j'aime par-dessus tout, camarades, ce sont mes courses à travers champs, dans les bois, pendant la belle saison; ces bonnes courses où j'aspire à pleins poumons les parfums de la verdure avec l'air libre du bon Dieu; et c'est le soir, après dîner, ma petite promenade dans mon avenue, quand le soleil, qui descend à l'horizon, empourpre de ses derniers rayons les vitres de ma demeure, et que je vois s'allonger sur les sillons muets les ombres gigantesques de mes chers peupliers!

Février 1878.

FIN DES PEUPLIERS DE JEAN LEFÈVRE

TABLE DES MATIÈRES

———

———

Coulommiers. — Typ. Paul BRODARD.